村田沙耶香

편의점
인간

무라타 사야카 지음
김석희 옮김

살림

한국의 여러분, 안녕하세요. 무라타 사야카입니다.

『편의점 인간』이 한국어로 번역되어 무척 기쁩니다. 이 작품의 무대는 일본의 작은 편의점입니다. 편의점이라는 작은 세계의 이야기가 한국의 언어로 번역되어, 한국에 살고 있는 여러분의 손에 건네지는 것은 기적처럼 멋진 사건이라고 느끼고 있습니다.

나는 대학 2학년 무렵 집 근처에 있는 편의점에서 아르바이트를 한 적이 있습니다. 그 가게에는 외국인 알바생도 많았지요. 수진 씨라는 멋진 한국 여성을 특히 인상 깊게 기억하고 있습니다.

수진 씨는 쇼트커트 머리에 키가 크고 아름다운 데다 늘 밝게 잘 웃는 멋들어진 여성이었습니다. 가게에서 일하는 모두가 그녀를 무척 좋아했답니다.

수진 씨는 "일본 김치찌개는 맛이 없어. 여러분에게 맛있는 음식을 대접해줄게"라면서 가게 직원들을 집으로 초대하기도 했습니다. 고향 집에서 보내주었다는 레시피대로 아주 맛있는 김치찌개를 만들어주었죠. 또 "일본어와 한국어는 문법이 같아서 간단해"라면서 낱말을 가르쳐주기도 했습니다. 모든 직원에게 언니 같은 존재였어요. 나도 그녀를 무척 좋아해서 둘이 함께 근무하는 날이면 특히 일이 즐거웠습니다.

어느 날 가게 안에서 무언가를 열심히 쓰고 있는 수진 씨를 봤습니다. 휴식 시간이 가까워졌기에 다가가 말을 걸자 수진 씨는 흠칫 놀란 표정으로 나를 돌아보며 부끄러운 듯이 "무라타, 봤어?" 하고 물었습니다.

"미안해요. 얼핏 봤지만 한국어라서 읽을 수 없었어요" 하고 대답했습니다.

"그래? 그렇구나. 무라타랑 늘 함께 일해서 깜박 잊고 있었어" 하고 웃으며 수진 씨는 편지를 보여주었습니다. 그러면서 남자친구에게 쓴 러브레터라고 살짝 알려주었지요. 나는 그녀가 보여준 한글이 그녀의 애정을 담아 쓴 것이라는데 왠지 감동했습니다. 그녀가 편지지에 적어 넣은 한글 문자는 무척이나 신비롭고 아름다워 보였습니다.

그로부터 18년쯤 세월이 지났습니다. 우리가 일하던 가게는 문을 닫았고, 수진 씨는 유학을 마치고 한국으로 돌아가 남자친구와 결혼했다는 말을 누군가한테 들었습니다.

그리고 이제 내가 쓴 작품이 그때 수진 씨가 보여준 것과 같은 한글로 번역되어 책으로 출간됩니다. 이 사실이 나에겐 너무나 감동적인 일로 다가옵니다.

한국의 여러분이, 그리고 어쩌면 수진 씨도 이 책을 만나게 된다면 정말이지 기쁠 것 같습니다. 이 작품을 번역 출간하기 위해 애써준 많은 분에게 진심으로 감사드리고 싶습니다.

가까운 장래에 나도 한국을 방문하여, 이 책을 만들어준 분들께 직접 인사드릴 수 있기를 고대합니다.

고맙습니다.

일러두기

· 본문에 괄호로 들어간 내용은 모두 옮긴이의 주입니다.

편의점은 소리로 가득 차 있다. 손님이 들어오는 차임벨 소리에, 가게 안을 흐르는 유선방송에서 신상품을 소개하는 아이돌의 목소리. 점원들이 부르는 소리, 바코드를 스캔하는 소리. 바구니에 물건 넣는 소리, 빵 봉지 쥐는 소리, 가게 안을 돌아다니는 하이힐 소리. 이 모든 소리들이 뒤섞여 '편의점의 소리'가 되어 내 고막에 거침없이 와 닿는다.

매장의 페트병이 하나 팔리고, 대신 그 안에 있던 페트병이 롤러로 굴러 오는, 데구루루 하는 작은 소리에 얼굴을 든다. 차가운 음료를 마지막으로 집어 들고 계산대로 가는 손님이 많기 때문에, 그 소리에 반응하여 몸이 멋대로 움직이는 것이다. 생수를 손에 든 여자 손님이 아직 계산대로 가지 않고 디저트를 고르고 있는 것을 확인하자 손으로 눈길을 돌린다.

가게 안에 흩어져 있는 수많은 소리에서 정보를 얻으면서 내 몸은 방금 납품된 주먹밥을 늘어놓고 있다. 저쪽에서는 알바생인 스가와라 씨가 작은 스캐너로 상품을 검사하고 있다. 나는 기계가 만든 청결한 식품을 가지런히 늘어놓는다. 신상품인 명란 치즈는 한가운데에 두 줄로, 그 옆에는 가게에서 제일 잘 팔리는 참치 마요네즈를 두 줄로, 별로 팔리지 않는 가쓰오부시(가다랭이포) 주먹밥은 구석에. 속도가 승부를 가르므로, 머리는 거의 쓰지 않고 내 안에 배어 있는 규칙이 육체에 지시를 내리고 있다.

짤랑하는 작은 동전 소리에 고개를 돌려 계산대 쪽으로 눈길을 던진다. 손바닥이나 주머니 속에서 동전 소리를 내고 있는 사람은 담배나 신문을 재빨리 사서 돌아가려는 경우가 많기 때문에, 돈 소리에는 민감하다. 아니나 다를까 캔커피를 한 손에 쥐고 다른 한 손을 주머니에 찔러 넣은 채 계산대로 다가가고 있는 남자가 있다. 재빨리 가게 안을 이동하여 카운터 안으로 몸을 미끄러뜨린 뒤, 손님이 기다리지 않도록 안에 서서 대기한다.

"어서 오세요. 안녕하십니까!"

가벼운 인사를 하고, 남자 손님이 내민 캔커피를 받아 든다.

"아, 그리고 5번 담배 한 갑 주세요."

"알겠습니다."

재빨리 말보로 라이트 멘솔을 빼내어 계산대에서 스캔한다.

"연령 확인 터치를 부탁할게요."

화면을 터치하면서 남자의 눈길이 패스트푸드 진열장으로 쓱 옮겨 가는 것을 보고 손가락의 움직임을 멈춘다. "뭔가 더 필요한 것 있으세요?" 하고 말을 걸어도 좋겠지만, 손님이 살까 말까 망설이고 있는 듯이 보일 때는 한 걸음 물러서서 기다린다.

"그리고, 아메리칸 핫도그도요."

"알겠습니다. 고맙습니다."

손을 알코올로 소독하고 진열장을 열어 아메리칸 핫도그를 꺼내 포장한다.

"차가운 음료와 따뜻한 음식은 따로 봉지에 담을까요?"

"아니, 됐습니다. 됐어요. 같이 담아주세요."

캔커피와 담배와 아메리칸 핫도그를 재빨리 S사이즈 봉투에 넣는다. 그동안 주머니 속에서 동전 소리를 내고 있던 남자가 문득 생각난 것처럼 가슴주머니에 손을 넣는다. 그 몸짓을 보고 전자화폐로 지불하는구나 하고 순간적으로 판단한다.

"지불은 스이카(동일본여객철도가 2001년에 도입한 전자화폐 겸용 교통카드)로 할게요."

"알겠습니다. 저쪽에서 스이카를 터치해주세요."

손님의 미세한 몸짓이나 시선을 자동으로 알아차리고, 몸은 반사적으로 움직인다. 눈과 귀는 손님의 작은 움직임이나 의사를 포착하는 중요한 센서가 된다. 필요 이상으로 관찰하여 불쾌하게 하지 않도록 세심한 주의를 기울이면서,

포착한 정보에 따라 재빨리 손을 움직인다.

"영수증입니다. 고맙습니다."

영수증을 건네주자 남자는 "아, 예" 하고 작은 소리로 대답하고 나간다.

"오래 기다리셨습니다. 어서 오세요. 안녕하십니까?"

나는 뒤에 서 있던 여자 손님에게 인사를 한다. 아침이라는 시간이 이 작은 빛의 상자 속에서 정상으로 움직이고 있는 것을 느낀다.

지문이 묻어 있지 않도록 깨끗이 닦은 유리창 밖으로 바쁘게 걷는 사람들의 모습이 보인다. 하루의 시작. 세계가 눈을 뜨고, 세상의 모든 톱니바퀴가 회전하기 시작하는 시간. 그 톱니바퀴의 하나가 되어 돌고 있는 나. 나는 세계의 부품이 되어 이 '아침'이라는 시간 속에서 계속 회전하고 있다.

다시 주먹밥을 진열하러 가려던 나에게 알바 팀장인 이즈미 씨가 말을 건다.

"후루쿠라古倉 씨, 거기 계산대에 5천 엔짜리 지폐가 몇 장 남았지?"

"아, 두 장밖에 없는데요."

"음, 불안한데. 왠지 오늘은 만 엔권이 많아. 안쪽 금고에도 별로 없고……. 아침 피크타임과 납품이 끝나면 오전 중에 은행에 갔다 올까 해."

"알겠습니다!"

요즘 야근할 사람이 부족해서 점장이 야근을 하고, 낮에는 나와 같은 또래인 여자 파트타이머 이즈미 씨가 사원처럼 일하며 가게를 꾸려나가고 있다.

"그럼 열 시쯤 잠깐 돈 바꾸러 갔다 올게. 아, 그리고 오늘 예약된 유부초밥이 있으니까, 손님이 오면 잘 맞아줘."

"네에!"

시계를 보니 아홉 시 반이 지나고 있다. 슬슬 아침 고비도 진정되어간다. 이제 재빨리 납품을 끝내고 나서 점심 피크타임을 준비하지 않으면 안 될 시간이다. 나는 등줄기를 쭉 펴고, 다시 매대로 돌아가 주먹밥을 늘어놓기 시작했다.

편의점 점원으로 '태어나기' 전의 일은 뭔가 어렴풋해서 선명하게 생각나지 않는다.

교외 주택가 평범한 가정에서 태어난 나는 평범하게 사랑받으며 자랐다. 하지만 나는 어쩐지 좀 이상해 보이는 아이였다.

예를 들면 유치원 시절, 한번은 공원에 새가 죽어 있었다. 어디선가 기르던 새였을 것이다. 색이 파랗고 아름다운 작은 새였다. 맥없이 목을 떨군 채 눈을 감고 있는 새를 둘러싸고 다른 아이들은 울고 있었다. "어떡하면 좋아?" 한 여자애가 말하는 것과 동시에 나는 재빨리 새를 손바닥 위에 올려놓고 벤치에서 잡담을 하고 있는 어머니에게 가져갔다.

"무슨 일이니, 게이코惠子? 어머나, 작은 새가……! 어디서 날아왔을까……. 불쌍해라. 무덤을 만들어줄까?"

내 머리를 쓰다듬으며 상냥하게 말하는 어머니에게 나는 "이거 먹자" 하고 말했다.

"뭐라고?"

"아빠가 꼬치구이를 좋아하니까 오늘 이거 구워 먹자."

잘 들리지 않았나 하고 확실한 발음으로 되풀이하자 어머니는 흠칫 놀랐고, 옆에 있던 다른 아이의 어머니도 놀랐는지, 눈과 콧구멍과 입이 일제히 딱 벌어졌다. 이상한 표정을 짓는 바람에 웃는 것처럼 되었지만, 그 아줌마가 내 손을 응시하고 있는 것을 보고 한 마리로는 부족한 모양이라고 생각했다.

"좀 더 잡아올까?"

가까이에서 나란히 걸어 다니는 참새 두세 마리 쪽으로 흘끗 눈길을 주자, 겨우 정신을 차린 어머니가 "게이코!" 하고 나무라는 듯한 목소리로 외쳤다.

"이 새는 무덤을 만들어서 묻어주자꾸나. 자, 봐라. 모두 울고 있잖니. 친구가 죽어서 섭섭한 거야. 불쌍하지?"

"왜? 오랜만에 죽었는데."

내 의문에 어머니는 말문이 막혔다.

나는 아버지와 어머니와 어린 여동생이 기꺼이 작은 새를 먹고 있는 장면밖에 상상할 수 없었다. 아버지는 새 꼬치구이를 좋아했고, 나와 여동생은 닭튀김을 무척 좋아했다. 공원에는 새가 잔뜩 있으니까 많이 잡아서 집에 가져가면 좋은데, 왜 먹지 않고 묻어버리는지 나는 알 수가 없었다.

어머니는 "이 새는 작고 귀엽지? 저쪽에 무덤을 만들고, 모두 함께 꽃을 바치자꾸나" 하고 열심히 말했고, 결국 그 말대로 되었지만, 나는 도무지 이해할 수가 없었다. 모두 입을 모아 작은 새가 불쌍하다고 말하면서, 흐느껴 울며 그 주위에 핀 꽃줄기를 억지로 잡아 뜯어 죽이고 있었다. "아름다운 꽃이네. 분명 작은 새도 기뻐할 거야"라고 말하는 광경을 보고 있자니 다들 머리가 이상한 것 같았다.

작은 새는 '출입금지'라고 적힌 나무 울타리 안쪽에다 판 구덩이에 묻혔다. 누군가가 쓰레기통에서 주워 온 아이스크림 막대기가 흙 위에 꽂히고, 꽃 시체가 듬뿍 바쳐졌다. "자, 게이코, 어떠니? 슬프고 불쌍하지." 어머니는 몇 번이나 나에게 들리도록 속삭였지만, 나는 전혀 그런 생각이 들지 않았다.

이런 일이 몇 번이나 있었다. 초등학교에 갓 들어갔을 때, 체육 시간에 남자아이들이 맞붙어 싸워서 시끄러워진 적이 있었다.

"누가 선생님 좀 불러와!"

"누가 좀 말려줘!"

비명 소리가 터져 나오고, 말려야 하나 보다고 생각한 나는 옆에 있는 도구함을 열어 안에 있던 삽을 꺼내 들고 난폭하게 날뛰는 아이한테 달려가 그 애 머리를 삽으로 후려쳤다.

주위는 절규에 휩싸이고, 아이는 손바닥으로 머리를 감싸며 그 자리에 픽 쓰러졌다. 머리를 감싼 채 움직임을 멈춘 것을 보고, 다른 한 아이도 움직이지 못하게 하려고 그 애를 향해 삽을 들어 올렸다. 그러자 여자아이들이 울면서 외쳤다.

"게이코, 안 돼! 그만해!"

달려와서 참상을 목격한 선생님들은 깜짝 놀라 나에게 설명을 요구했다.

"말리라고 해서, 가장 빠를 것 같은 방법으로 말렸어요."

선생님은 당혹스러운 표정으로 폭력은 안 된다고 횡설수

설했다.

"하지만 다들 그랬어요. 말리라고. 그래서 저는, 그렇게 하면 야마자키와 아오키가 움직임을 멈출 거라고 생각했을 뿐이에요."

선생님이 왜 화를 내는지 알 수 없었던 나는 그렇게 공손히 설명했다. 교직원 회의가 열리고 어머니가 불려 왔다.

왠지 심각한 표정으로 "죄송합니다, 죄송합니다……" 하면서 선생님한테 고개를 숙이는 어머니를 보고 아무래도 내가 나쁜 짓을 한 모양이라고 생각했지만, 그게 무엇 때문인지는 이해할 수 없었다.

교실에서 여선생님이 히스테리를 일으켜 출석부로 교탁을 내려치면서 마구 소리를 지르고, 아이들이 모두 울기 시작했을 때도 그랬다.

"선생님, 용서해주세요."

"그만하세요, 선생님!"

모두 비장한 태도로 그만하라고 해도 진정되지 않았기 때문에, 나는 소리를 지르지 못하게 하려고 선생님한테 달려가 스커트와 팬티를 세차게 확 끌어내렸다. 그러자 젊은 여선생님은 깜짝 놀라 울음을 터뜨리며 조용해졌다.

옆 반 선생님이 달려와서 나한테 사정을 물었다. 그래서 어른 여자가 옷이 벗겨지자 조용해지는 것을 텔레비전에서 본 적이 있다고 설명하자, 역시 교직원 회의가 열렸다.

"왜 우리 게이코는 모를까……."

학교에 불려 나온 어머니가 집으로 돌아가는 길에 불안한 듯 중얼거리며 나를 끌어안았다. 또 뭔가 나쁜 짓을 저질러 버린 모양이지만, 나는 무엇 때문인지는 알 수 없었다.

아버지도 어머니도 곤혹스러워하긴 했지만 나를 귀여워해주었다. 아버지와 어머니가 슬퍼하거나 여러 사람에게 사과해야 하는 상황은 나의 본심이 아니었기 때문에, 나는 집 밖에서는 가능한 한 말을 하지 않기로 했다. 다른 사람 흉내를 내거나 누군가의 지시에 따르기만 하고, 스스로 움직이는 것은 일절 그만두었다.

필요한 말 이외의 말은 하지 않고 자진해서 행동하지 않게 된 나를 보고 어른들은 안심한 것 같았다.

고학년이 되어도 너무 조용하니까, 그것은 또 그것대로 문제가 되었다. 하지만 나에게는 입을 다물고 잠자코 있는 것이 최선의 방법이었고, 살아가기 위한 가장 합리적인 처세술이었다. 통지표에 “좀 더 친구를 사귀고 밖에서 활기차게 놀아요!”라고 쓰여 있어도, 나는 절대로 필요 이상의 말은 입 밖에 내지 않았다.

두 살 아래인 여동생은 나와 달리 ‘보통’ 아이였다. 그렇다고 해서 나를 경원하지는 않고 오히려 잘 따랐다. 여동생이 나와 달리 평범한 일로 어머니한테 꾸중을 듣고 있을 때면, 나는 어머니에게 다가가서 “왜 화를 내고 있어?” 하고 이유를 물었다. 내 질문 덕분에 설교가 끝나면 언제나 여동생은 내가 자기를 감싸주었다고 생각하는지 “고마워” 하고 말했다. 과자나 장난감에 별로 흥미가 없었던 나는 그런 것들을 여동생한테 줄 때도 많았다. 그래서 동생은 늘 나를 따라다녔다.

부모님은 나를 소중히 여겨 사랑해주었고, 그랬기에 언제나 나를 걱정했다.

"어떻게 하면 '고쳐'질까?"

어머니와·아버지가 의논하고 있는 것을 듣고, 무언가를 고치지 않으면 안 되는구나 하고 생각한 것을 기억하고 있다. 아버지가 나를 차에 태워 먼 동네까지 상담을 받으러 데려간 적도 있다. 처음엔 집에 무슨 문제가 있는 건 아닌가 하는 의심을 받았지만, 은행원인 아버지는 온화하고 성실한 사람이었고, 어머니는 마음이 다소 여렸지만 상냥했고, 여동생도 언니인 나를 잘 따랐다. "어쨌든 애정을 쏟으면서 천천히 지켜봅시다" 하는 따위의 들으나 마나 한 말을 듣고, 부모님은 열심히 나를 아끼며 사랑으로 키워주었다.

학교에서 친구는 생기지 않았지만 특별히 괴롭힘을 당하지도 않았다. 나는 어떻게든 쓸데없는 말을 하지 않는 데 성공한 채 초등학생에서 중학생으로 성장해갔다.

고등학교를 졸업하고 대학생이 되어서도 나는 변하지 않았다. 기본적으로 쉬는 시간은 혼자 보내고 사적인 대화는 거의 하지 않았다. 초등학교 시절 같은 문제는 생기지 않았지만, 그런 상태로는 사회에 나갈 수 없다고 어머니도 아버지도 걱정하고 있었다. 나는 '고치지 않으면 안 된다'고 생각하면서 점점 어른이 되어갔다.

스마일마트 히이로마치 역전점이 오픈한 것은 1998년 5월 1일, 내가 대학 1학년 때였다.

오픈하기 전, 내가 이 가게를 발견했을 때의 일은 잘 기억하고 있다. 대학에 갓 들어갔을 무렵 학교 행사로 노(能. 일본의 대표적인 전통 가면극) 공연을 보러 갔었다. 친구가 없었던 나는 혼자 집으로 돌아가는 도중에 길을 잘못 들었는지, 어느결에 한 번도 본 적이 없는 빌딩가에 들어와 있었다.

문득 정신을 차리고 보니 어디에도 인적이 없었다. 하얗고 깨끗한 빌딩이 빽빽이 늘어선 거리는 도화지로 만든 모형처럼 가짜 같아 보였다.

마치 유령도시 같은 빌딩뿐인 세계. 일요일 낮, 거리에는 나 말고는 누구의 기척도 없었다.

다른 세계에 잘못 들어와버린 듯한 감각에 사로잡힌 채 빠른 걸음으로 지하철역을 찾아 걸었다. 겨우 지하철 표지를 찾아내어 안심하고 달려간 그곳에서 나는 새하얀 사무용 빌딩 1층이 마치 투명한 수조처럼 놓여 있는 것을 발견했다.

'스마일마트 히이로마치 역전점 OPEN! 오프닝 스태프 모집!'이라고 쓰인 포스터가 투명한 유리창에 붙어 있을 뿐, 간판도 뭐도 없었다. 유리창 안을 살짝 들여다보니 사람도 하나 없고, 공사 중인지 벽 여기저기에 비닐이 붙어 있고, 아무것도 놓여 있지 않은 하얀 선반들만 늘어서 있었다. 이 휑뎅그렁한 곳이 편의점이 된다는 게 나는 도저히 믿기지 않았다.

집에서 보내주는 생활비는 충분했지만, 아르바이트라면 흥미가 있었다. 나는 포스터에 적힌 전화번호를 메모하고 집에 돌아와 이튿날 전화를 걸었다. 간단한 면접을 보고 곧 채용되었다.

다음 주부터 연수라는 말을 듣고 지정된 시간에 가게에 갔더니 전에 보았을 때보다는 한결 편의점다워져 있었다.

잡화 선반이 완성되어 문방구나 손수건 따위가 가지런히 진열되어 있었다.

가게 안에는 나와 함께 채용된 알바생들이 모여 있었다. 나 같은 대학생 정도의 젊은 여자, 프리터(일정한 직업 없이 아르바이트나 시간제 근무로 살아가는 사람. 프리랜서와 아르바이터를 합친 일본식 조어)처럼 보이는 젊은 남자, 나보다 조금 연상의 주부로 여겨지는 여성, 나이도 복장도 제각각인 열다섯 명 정도의 알바생들이 어색하게 가게 안을 서성거리고 있었다.

이윽고 본사에서 온 트레이너 사원이 나타나 전원에게 제복을 지급했다. 제복을 입고 복장 체크 포스터에 따라 옷차림을 가다듬었다. 머리가 긴 여자는 묶고, 시계나 액세서리도 다 벗고 줄을 서자, 아까까지 제각각이던 우리가 갑자기 '점원'다워졌다.

맨 먼저 연습한 것은 표정과 인사였다. 웃는 얼굴이 찍힌 포스터를 보면서 그대로 입꼬리를 들어 올리고 등줄기를 곧게 편 자세로 옆으로 늘어서서 한 사람씩 "어서 오세요!"라고 말하게 시켰다. 트레이너인 남자 사원이 한 사람씩 체크

하다가 목소리가 작거나 표정이 어색한 경우에는 "네, 다시 한 번!" 하는 지시가 날아왔다.

"오카모토 씨, 부끄러워하지 말고 좀 더 생긋 웃어요! 아이사키 씨, 목소리를 조금만 더 크게 내봐요! 네, 다시 한 번! 후루쿠라 씨, 좋아요, 좋아! 그래요. 그렇게 씩씩하게!"

나는 뒷방 사무실에서 보여준 견본 비디오나 트레이너가 보여주는 시범을 흉내 내는 데 선수였다. 그전까지 나에게 "이것이 평범한 표정이고 목소리는 이런 식으로 내는 것"이라고 가르쳐준 사람은 아무도 없었다.

개점까지 2주일, 두 사람씩 조를 짜서 또는 트레이너 사원을 상대로 삼아 가상의 손님을 맞는 연습이 계속되었다. '손님'의 눈을 보고 미소를 지으며 인사할 것, 생리용품은 종이봉지에 넣어서 줄 것, 따뜻한 음식과 찬 음식은 나누어 담을 것, 패스트푸드를 주문받으면 손을 알코올로 소독할 것. 돈에 익숙해지도록 계산대 안에는 진짜 돈이 들어 있었지만, 영수증에는 큼지막한 글씨로 '트레이닝'이라고 찍혀 있고 상대는 같은 제복을 입은 동료 알바생이어서, 왠지 장보기 흉

내 놀이를 하고 있는 것 같았다.

대학생, 밴드를 하고 있는 젊은 남자, 프리터, 주부, 야간 고등학교에 다니는 남학생 등 다양한 사람이 같은 제복을 입고 '점원'이라는 균일한 생물로 다시 만들어져가는 것이 재미있었다. 그날의 연수가 끝나자 모두 제복을 벗고 원래 상태로 돌아갔다. 꼭 다른 생물로 옷을 갈아입는 것처럼 느껴지기도 했다.

2주 동안 연수를 받은 뒤, 드디어 오픈하는 날이 왔다. 그날 나는 아침부터 가게에 있었다. 하얗기만 하고 아무것도 없던 선반에는 자리가 비좁을 만큼 상품이 잔뜩 진열되어 있었다. 사원의 손으로 빈틈없이 진열된 그것들은 어딘지 모르게 모조품처럼 느껴졌다.

오픈 시간이 되어 사원이 문을 연 순간, 나는 '진짜다' 하고 생각했다. 연수받을 때 상정했던 가상의 손님이 아니라 '진짜'였다. 다양한 사람이 있었다. 사무실이 많은 빌딩가여서 양복과 제복 차림의 손님만 머리에 떠올리고 있었는데, 맨 먼저 들어온 것은 미리 나누어준 할인 전단을 손에 쥔 주민처럼 보이는 무리였다. 첫 손님은 나이 지긋한 할머니였다. 지팡이를 짚은 할머니가 맨 먼저 들어오고, 주먹밥이나 도시락 할인 쿠폰을 가진 손님들이 그 뒤를 이어 가게로 우르르 몰려 들어오는 광경을 나는 놀란 눈으로 멍하니 바라보고 있었다.

"후루쿠라 씨, 어서 말해요!"

사원의 재촉을 듣고서야 나는 정신을 차렸다.

"어서 오세요! 오늘 오프닝 세일 중입니다! 어서 골라보세요!"

가게 안에서 하는 '말 걸기'도 실제로 '손님'이 있는 가게 안에서는 전혀 다른 울림으로 메아리쳤다.

'손님'이 이렇게 소리를 내는 생물인 줄은 미처 몰랐다. 울려 퍼지는 발소리에 목소리, 과자 봉지를 바구니에 던져 넣는 소리, 차가운 음료가 들어 있는 냉장고 문 여는 소리. 나는 손님들이 내는 소리에 압도당하면서도 지지 않으려고 "어서 오세요!"를 되풀이해서 외쳤다.

어쩌면 모조품이 아닐까 싶을 만큼 아름답게 진열되어 있던 음식과 수북이 쌓여 있던 과자 무더기가 '손님'의 손으로는 깜짝할 사이에 허물어져갔다. 왠지 모르게 가짜 같아 보이던 가게가 그 손으로 생생하게 척척 모습을 바꾸어가는 것 같았다.

맨 처음 계산대로 온 사람은 가게에 제일 먼저 발을 들여놓은 그 곱상한 할머니였다.

나는 매뉴얼을 반추하면서 계산대에 서 있었다. 할머니는 슈크림과 샌드위치, 주먹밥이 몇 개 들어 있는 바구니를 계산대 위에 올려놓았다.

첫 손님이 계산대로 왔기 때문에, 카운터 안에 있던 사원의 등이 더욱 꼿꼿이 펴졌다. 사원의 주목을 받으면서 나는 연수에서 배운 대로 여자 손님에게 고개 숙여 인사했다.

"어서 오세요!"

나는 연수받을 때 보았던 비디오의 여성과 똑같은 음색으로 목소리를 냈다. 바구니를 받아 들고 연수에서 배운 대로 바코드를 스캔하기 시작했다. 신참인 내 옆에 붙어 있던 사원이 재빨리 상품을 봉지에 집어넣었다.

"여기는 아침에 몇 시부터 하나요?"

할머니가 물었다.

"그러니까, 오늘은 열 시부터예요! 저어, 앞으로는 계속 문을 열 거예요!"

연수 때 배우지 않은 질문에 아직 제대로 답하지 못하는 나를 옆에서 사원이 재빨리 보조해주었다.

"오늘부터 24시간 영업으로 온종일 문을 엽니다. 연중무휴죠. 언제든지 이용해주세요!"

"그럼, 한밤중에도 하나요? 아침에도?"

"그럼요."

내가 고개를 끄덕이자 할머니는 "편리하군. 나는 보다시피 허리가 굽어서 걷기가 힘드니까. 슈퍼가 멀어서 곤란했다우" 하면서 나에게 미소를 지어 보였다.

"앞으로는 24시간 영업으로 온종일 문을 엽니다. 언제든지 이용해주세요!"

옆에 있던 사원의 말을 나는 그대로 되풀이했다.

"대단하네. 점원 아가씨도 힘들겠수."

"고맙습니다!"

사원을 흉내 내어 기운차게 인사한 나에게 할머니는 웃으면서 "고마워요. 또 올게요" 하고는 계산대에서 멀어져갔다.

옆에 서서 봉지에 물건을 담고 있던 사원이 말했다.

"후루쿠라 씨, 대단한데. 완벽해! 첫 계산인데 침착하게 잘했어요! 바로 그렇게, 그런 식으로! 자, 다음 손님!"

사원의 말에 앞을 보니 할인 판매하는 주먹밥을 바구니에 잔뜩 담은 손님이 다가오고 있었다.

"어서 오세요!"

나는 아까와 같은 음색으로 큰 소리로 인사하고 바구니를 받아 들었다.

그때 나는 비로소 세계의 부품이 될 수 있었다. 나는 '지금 내가 태어났다'고 생각했다. 세계의 정상적인 부품으로서의 내가 바로 이날 확실히 탄생한 것이다.

나는 종종 탁상 계산기로 그날부터 지난 시간을 계산해 볼 때가 있다. 스마일마트 히이로마치 역전점은 하루도 쉬지 않고 불을 켠 채 계속 돌아가고 있다. 요전 날 가게는 열아홉 번째 5월 1일을 맞았으니까 그로부터 15만 7,600시간이 지난 셈이다. 나는 서른여섯 살이 되었고, 가게와 점원으로서의 나는 열여덟 살이 되었다. 그날 나와 함께 연수를 받은 점원은 이제 한 사람도 남아 있지 않다. 점장도 여덟 명째다. 가게의 상품도 그날의 물건은 하나도 남아 있지 않다. 하지만 나는 여전히 점원으로 남아 있다.

내가 아르바이트를 시작했을 때 부모님은 무척 기뻐해주었다.

대학을 졸업한 뒤, 그대로 아르바이트를 계속하겠다고 말했을 때도 세상과 거의 접점이 없었던 예전의 나에 비하면 대단한 성장이라고 응원해주었다.

대학 1학년 때는 토요일과 일요일을 포함하여 일주일에 나흘이던 아르바이트를 지금은 일주일에 닷새 다니고 있다. 언제나 집에 돌아오면, 6조(畳. 일본에서 방 크기를 잴 때 쓰는 단위.

1조는 다다미 한 장이며, 크기는 반 평 정도인 약 1.6제곱미터) 반의 좁은 방에 늘 깔려 있는 이부자리 위에 바로 몸을 눕힌다.

대학에 들어갔을 때 나는 본가를 나와 집세가 싼 셋방을 얻어서 살기 시작했다.

내가 언제까지나 취직하지 않고, 집요하다고 해도 좋을 만큼 같은 가게에서 아르바이트를 계속하자 부모님은 점점 불안해진 모양이었지만, 그 무렵에는 이미 때가 늦어 있었다.

왜 편의점이 아니면 안 되는지, 평범한 직장에 취직하면 왜 안 되는지는 나도 알 수 없었다. 다만 완벽한 매뉴얼이 있어서 '점원'이 될 수는 있어도, 매뉴얼 밖에서는 어떻게 하면 보통 인간이 될 수 있는지, 여전히 전혀 모르는 채였다.

부모님은 좀 무른 편이어서 언제까지나 아르바이트를 하고 있는 나를 그냥 지켜봐주고 있다. 20대 시절엔 죄송한 마음에 일단 취업 활동에 뛰어들어본 적도 있지만, 편의점 아르바이트 경험밖에 없는 나는 서류 심사를 통과한 경우가 별로 없고, 면접 단계까지 가더라도 왜 몇 년 동안이나 아르바이트를 하고 있었는지 그 이유를 제대로 설명할 수가 없었다.

날마다 일하는 탓인지 꿈속에서도 편의점에서 계산기를 두드리고 있을 때가 많다. 아, 신제품 포테이토칩에 가격표가 붙어 있지 않구나, 뜨거운 차가 많이 팔렸으니까 보충해 둬야겠구나 하고 생각하면서 퍼뜩 눈을 뜬다. "어서 오세요!" 하는 내 목소리에 한밤중에 잠에서 깬 적도 있다.

잠이 오지 않는 밤에는 지금도 꿈틀거리고 있을 그 투명한 유리 상자를 생각한다. 가게는 청결한 수조 안에서 지금도 기계장치처럼 움직이고 있다. 그 광경을 상상하고 있으면 가게 안의 소리들이 고막 안쪽에 되살아나 안심하고 잠들 수 있다.

아침이 되면 또 나는 점원이 되어 세계의 톱니바퀴가 될 수 있다. 그것만이 나를 정상적인 인간으로 만들어주고 있었다.

아침 여덟 시, 나는 스마일마트 히이로마치 역전점의 문

을 연다.

일은 아홉 시부터지만 으레 좀 일찍 와서 뒷방에서 아침밥을 먹는다. 가게에 도착하면 2리터들이 페트병에 든 생수 한 병과 곧 폐기 처리해야 할 빵과 샌드위치를 골라서 산 뒤 뒷방에서 식사를 한다.

뒷방에는 커다란 화면이 있는데 거기에 방범 카메라 영상이 비추어지고 있다. 야간조에 신참으로 들어온 베트남 출신의 다트 군이 필사적으로 계산기를 두드리고 있는 모습이며 점장이 익숙지 않은 그를 보조하면서 뛰어다니고 있는 모습을 지켜보며, 무슨 일이 있으면 제복을 입고 뒷방에서 달려 나가 계산을 도울 태세를 갖추고 빵을 삼킨다.

아침에는 이렇게 편의점 빵을 먹고, 점심은 휴식 시간에 편의점 주먹밥과 패스트푸드로 때우고, 밤에도 피곤하면 그냥 가게 음식을 사서 집으로 돌아올 때가 많다. 2리터들이 페트병에 든 물은 일하는 동안 절반쯤 마시고, 그대로 에코백에 넣어 집으로 가져와서 밤까지 마시며 보낸다. 내 몸 대부분이 이 편의점 식료품으로 이루어져 있다고 생각하면,

나 자신이 잡화 선반이나 커피머신과 마찬가지로 이 가게의 일부처럼 느껴진다.

식사를 끝내면 일기예보를 확인하거나 가게의 데이터를 살펴본다. 일기예보는 편의점에 아주 중요한 정보원이다. 어제 기온과의 차이도 중요하다. 오늘은 최고기온이 21도, 최저기온이 14도. 흐린 뒤 저녁부터는 비가 올 예정이다. 실제 기온보다도 춥게 느껴질 것이다.

더운 날은 샌드위치가 잘 팔리고, 추운 날은 주먹밥이나 중국식 만두, 빵이 잘 팔린다. 카운터에서 파는 음식도 기온에 따라 잘 팔리는 게 다르다. 히이로마치 역전점에서는 추운 날 고로케가 잘 팔린다. 마침 세일 중이기도 해서 오늘은 고로케를 많이 만들자고 머리에 새겨둔다.

이런 일을 하고 있는 동안 시간은 흘러, 가게에는 나와 마찬가지로 아홉 시부터 일하는 주간 근무자들이 조금씩 모여든다.

여덟 시 반이 지났을 무렵, "안녕하세요?" 하는 허스키한 목소리와 함께 문이 열렸다. 알바 팀장으로서 신뢰받고 있는 이즈미 씨다. 나보다 한 살 위인 서른일곱 살의 주부인데 성격은 좀 과격하지만 빠릿빠릿하게 일을 잘하는 여자다. 조금 화려한 복장으로 나타나 사물함 앞에서 하이힐을 운동화로 갈아 신고 있다.

"후루쿠라 씨, 오늘도 일찍 왔네. 아, 새로 나온 빵이구나. 그거 어때?"

내가 손에 들고 있는 망고초콜릿 빵을 본 이즈미 씨가 묻는다.

"크림에 좀 독특한 맛이 있고, 냄새가 독해서 먹기 힘들어요. 별로 맛있지 않아요."

"뭐, 정말? 점장이 백 개나 주문해버렸는데, 큰일이네. 우선 오늘 들어온 것만이라도 팔아야 돼!"

"네에!"

알바생은 학생이나 프리터가 압도적으로 많기 때문에 나와 같은 또래의 여자와 함께 일하는 경우는 드물다.

이즈미 씨는 갈색 머리를 하나로 묶고, 감색 니트 위에 하얀 셔츠를 입고, 물색 넥타이를 맸다. 히이로마치 역전점이 오픈했을 때는 이런 규칙이 없었지만, 지금 주인으로 바뀐 뒤에는 반드시 제복 속에 셔츠를 입고 넥타이를 매도록 되어 있다.

이즈미 씨가 거울 앞에서 옷차림을 가다듬고 있을 때, “안녕하세요?” 하는 소리와 함께 스가와라 씨가 뛰어 들어왔다.

스가와라 씨는 목소리가 크고 명랑한 스물네 살의 여자 알바생이다. 밴드의 보컬을 하고 있어서인지 아주 짧게 커트한 머리를 붉게 물들이고 싶다고 불평하곤 한다. 좀 통통하고 애교가 있지만, 이즈미 씨가 오기 전에는 지각도 자주 하고 피어싱을 한 채 일하다가 점장한테 야단을 맞기도 했다. 이즈미 씨가 소탈하고 시원시원한 말투로 잘 타이르고 교육한 덕분에 지금은 스가와라 씨도 아주 성실하게 열심히 일하는 점원이다.

주간 근무자로는 그 밖에 키가 후리후리하게 큰 대학생 이와키 군, 프리터였지만 취직할 곳이 결정되어 이제 곧 가게를 그만둘 유키시타 군이 있다. 이와키 군도 취업 활동을 하느라 가게에 나오지 못하는 날이 늘어날 거라니까, 점장이 야간조에서 주간조로 돌아오거나 새로 주간 근무자를 뽑지 않으면 가게가 제대로 돌아가지 않을 것이다.

지금의 '나'를 형성하고 있는 것은 거의 내 옆에 있는 사람들이다. 3할은 이즈미 씨, 3할은 스가와라 씨, 2할은 점장, 나머지는 반년 전에 그만둔 사사키 씨와 1년 전까지 알바 팀장이었던 오카자키 군처럼 과거의 다른 사람들한테서 흡수한 것으로 구성되어 있다.

특히 말투에 관해서 말하자면, 가까운 사람들의 말투가 나에게 전염되어 지금은 이즈미 씨와 스가와라 씨의 말투를 섞은 것이 내 말투가 되어 있다.

대다수 사람들이 그렇지 않을까 하고 나는 생각한다. 전에 스가와라 씨의 밴드 동료들이 가게에 얼굴을 내밀었을 때 그 여자들의 옷차림과 말투는 스가와라 씨와 비슷했고, 사사키 씨도 이즈미 씨가 들어온 뒤로는 "수고하십니다!" 하는 말투가 이즈미 씨와 똑같아졌다. 이즈미 씨가 전에 일했던 가게에서 친하게 지냈다는 주부가 일을 도우러 왔을 때는 옷차림이 이즈미 씨와 너무 비슷해서 착각할 뻔했을 정도다. 내 말투도 누군가에게 전염되고 있을지 모른다. 우리는 이렇게 서로 전염하면서 인간임을 계속 유지하고 있다고 생각한다.

일하기 전의 이즈미 씨는 조금 화려하지만 30대 여성다운 옷차림을 하고 있어서, 신고 있는 신발 이름이나 사물함 속에 걸린 코트의 태그를 보고서 참고한다. 한번은 뒷방에 방치되어 있던 파우치 속을 들여다보고 화장품 이름과 브랜드도 메모했다. 그것을 그대로 흉내 내면 금방 들통나버리기 때문에, 브랜드 이름으로 검색하여 그 브랜드의 옷을 입고 있는 사람이 블로그에서 소개하거나 어느 브랜드의 숄을 살까 하고 이름을 언급한 다른 브랜드를 입곤 한다. 이즈미 씨의 옷차림이나 그녀가 갖고 있는 자질구레한 물건들, 머리 모양 따위를 보고 있으면 그것이 올바른 30대 여성의 표본처럼 여겨진다.

이즈미 씨가 문득 내가 신고 있는 발레슈즈를 눈여겨본다.

"아, 그거 오모테산도(도쿄의 미나토 구와 시부야 구에 걸쳐 있는 쇼핑가)에 있는 가게 신발이네. 나도 거기 구두 좋아해. 부츠를 갖고 있지."

이즈미 씨는 뒷방에선 조금 말꼬리를 늘여서 나른한 듯이 말한다.

이 구두는 이즈미 씨가 화장실에 간 틈에 구두 바닥에 있는 브랜드 이름을 메모한 뒤 그 가게에 가서 산 것이다.

"정말이세요? 혹시 감색 부츠인가요? 전에 가게에 신고 오셨죠. 그거 귀여웠어요!"

스가와라 씨의 말투를 베끼고 말꼬리를 조금 어른스럽게 바꾼 말투로 이즈미 씨에게 대답한다. 스가와라 씨는 스타카토가 붙은 것처럼 조금 탄력 있게 톡톡 튀는 말투를 쓴다. 이즈미 씨와는 대조적인 말투지만 두 가지 말투를 섞어서 말하면 이상하게도 딱 좋다.

"후루쿠라 씨는 나하고 취향이 맞는 것 같아! 이 가방도 귀엽네."

이즈미 씨가 미소를 짓는다. 나는 이즈미 씨를 본보기로 삼고 있으니까 취향이 맞는 것은 당연하기도 하다. 주위에서는 내가 나이에 어울리는 가방을 들고, 무례하지도 않고 남남처럼 데면데면하지도 않고 딱 좋은 거리감을 주는 말투를 사용하는 '인간'으로 보일 것이다.

"이즈미 씨, 어제 가게에 있었나요? 라면 재고가 엉망인데요!"

사물함 쪽에서 옷을 갈아입고 있던 스가와라 씨가 큰 소리로 말했다. 이즈미 씨가 그쪽을 돌아보며 말한다.

"있었어. 낮에는 괜찮았는데, 야근하는 애가 또 무단결근했어. 그래서 신참인 다트 군이 넣었을 거야."

제복 지퍼를 올리면서 이쪽으로 온 스가와라 씨가 얼굴을 찌푸렸다.

"에이, 또 땡땡이인가요? 안 그래도 일손이 부족한데 믿을 수가 없네요! 그래서 가게가 덜거덕거리는군요. 팩 음료가 전혀 나와 있지 않잖아요. 아침 피크타임인데!"

"그래, 최악이야. 역시 점장이 이번 주부터 야간조로 바뀌어서 그래. 지금 신참밖에 없잖아."

"주간조도 이와키 군이 취업 활동을 하느라 빠지는데! 정말 곤란해요! 그만둘 거면 그만둔다고 미리 말해줘야지, 안 그러면 결국 그 여파가 다른 사람한테 미칠 뿐이잖아요."

두 사람이 풍부한 감정으로 나누는 대화를 듣고 있으면 조금 초조한 기분이 든다. 내 몸속에 분노라는 감정은 거의 없다. 일할 사람이 줄어서 곤란하구나 생각할 뿐이다. 나는 스가와라 씨의 표정을 훔쳐보고, 연수받을 때 그랬던 것처럼 같은 부위의 얼굴 근육을 움직이며 말해보았다.

"에이, 또 땡땡이인가요? 안 그래도 일손이 부족한데 믿을 수가 없네요!"

스가와라 씨의 말을 되풀이하는 나를 보고 이즈미 씨가 시계와 반지를 벗으면서 웃었다.

"하하하, 후루쿠라 씨가 몹시 화가 났나 보네! 그래, 정말 있을 수 없는 일이야!"

같은 일로 화를 내면 모든 점원이 기쁜 표정을 짓는다는 사실을 알아차린 것은 아르바이트를 시작한 직후의 일이었다. 점장이 버럭 화를 내거나 야간조의 아무개가 농땡이를 부리거나 해서 분노가 치밀 때 협조하면, 불가사의한 연대감이 생기고 모두 내 분노를 기뻐해준다.

이즈미 씨와 스가와라 씨의 표정을 보며 아아, 나는 지금 능숙하게 '인간'이 되어 있구나 하고 안도한다. 이 안도를 편의점이라는 장소에서 몇 번이나 되풀이했을까.

이즈미 씨가 시계를 보고 우리에게 말을 걸었다.

"그럼 조회를 할까?"

"네에."

셋이 나란히 정렬하고 조회가 시작된다. 업무 연락 노트를 이즈미 씨가 펼치고, 오늘의 목표와 주의 사항을 전달했다.

"오늘은 신상품인 망고초콜릿 빵이 추천 상품입니다. 모두 손님에게 권합시다. 그리고 청결 강화 기간입니다. 낮 시간은 바쁘지만, 그래도 바닥과 창문과 출입문 언저리는 부지런히 청소하도록 합시다. 시간이 없으니 맹세의 말은 생략하죠. 그럼 접객 용어를 제창하겠습니다. '어서 오세요!'"

"어서 오세요."

"'알겠습니다!'"

"알겠습니다!"

"'고맙습니다!'"

"고맙습니다!"

접객 용어를 제창하고, 차림새를 점검하고, "어서 오세요!" 하고 말하면서 한 사람씩 문밖으로 나간다. 두 사람에 이어 나도 뒷방 문밖으로 뛰쳐나갔다.

"어서 오세요. 안녕하십니까!"

이 순간이 아주 좋다. 나 자신 속에 '아침'이라는 시간이 운반되어 오는 듯한 느낌이 든다.

밖에서 사람이 들어오는 차임벨 소리가 교회 종소리로 들린다. 문을 열면 빛의 상자가 나를 기다리고 있다. 언제나 계속 돌아가는, 확고하게 정상적인 세계. 나는 빛으로 가득 찬 이 상자 속 세계를 믿고 있다.

나는 금요일과 일요일이 휴무라서, 결혼하여 고향에 살고 있는 친구를 평일인 금요일에 만나러 갈 때가 있다.

학창 시절에는 '잠자코 있는' 데 전념했기 때문에 친구가 거의 없었지만, 아르바이트를 시작한 뒤 열린 동창회에서 옛 친구와 재회하고 나서는 고향에 친구가 생겼다.

"야아, 오랜만이야, 후루쿠라! 이미지가 전혀 다른걸!"

쾌활하게 말을 걸어온 미호와 색깔만 다를 뿐 같은 핸드백을 갖고 있다는 이야기로 신나게 수다를 떨고, 다음에 함께 쇼핑을 가자면서 메일 주소를 교환했다. 그 후 이따금 만나서 밥을 먹거나 쇼핑을 했다.

미호는 결혼하여 고향에 단독주택을 샀고, 그 집에서 친구들이 자주 모인다. 다음 날 근무라 귀찮게 여겨질 때도 있지만 편의점 이외의 세계와 만나는 유일한 접점이고 같은 나이의 '평범한 30대 여성'과 교류하는 귀중한 기회이기 때문에, 미호의 초대에는 되도록 응하고 있다. 오늘은 미호와 아직 어린 아이를 데리고 다니는 유카리, 결혼했지만 아이는 여태 없는 사쓰키와 내가 멤버다. 우리는 미호의 집에 케이크를 가져가서 차를 마시고 있었다.

아이를 데려온 유카리는 남편 직장 문제로 한동안 이곳을 떠나 있었기 때문에 만나는 건 오랜만이었다. 역전 쇼핑몰에서 산 케이크를 먹으면서, 모두의 얼굴을 둘러보며 반갑다는 말을 연발하는 유카리를 보고 다들 웃었다.

"역시 고향은 좋아. 게이코와 전에 만난 건 내가 갓 결혼했을 무렵이었지."

"응, 그래. 그때는 모두 축하해주고, 훨씬 많은 사람이 바비큐 파티를 했잖니. 반가워."

나는 이즈미 씨와 스가와라 씨의 말투를 섞어서 재잘거렸다.

"게이코, 너 뭔가 달라졌어."

감정을 풍부하게 담아서 수다를 떠는 나를 유카리가 바라본다.

"전에는 좀 더 자연스러운 말투 아니었어? 머리 모양 탓인가? 분위기가 왠지 달라 보여."

"어머, 그래? 자주 만나서 그런가? 전혀 달라지지 않은 것 같은데."

미호는 고개를 갸웃했지만, 그건 그렇다고 나는 생각했다. 내가 섭취하는 '세계'가 바뀌었으니까. 전에 친구들을 만났을 때 몸속에 있던 물이 지금은 거의 없어지고 다른

물로 바뀌어 있는 것처럼, 나를 형성하고 있는 것이 변화하고 있다.

몇 년 전에 만났을 때는 시간 여유가 있는 대학생 알바생이 많았고, 내 말투도 지금과는 전혀 달랐을 것이다.

"그런가! 달라졌나?"

나는 설명은 않고 그냥 웃어 보였다.

"그러고 보니 옷 느낌은 좀 달라졌는지도……? 전에는 좀 더 자연스러웠던 것 같아."

"아, 그럴지도 몰라. 그거 오모테산도의 가게에서 파는 스커트 맞지? 나도 색깔만 다른 그 스커트를 입어봤어. 귀여워."

"응, 최근에는 여기 옷만 입고 있어."

입고 있는 옷도, 말의 리듬도 달라져버린 내가 웃고 있다. 친구는 누구와 이야기하고 있는 걸까. 그래도 '반갑다'는 말을 연발하면서 유카리는 나에게 계속 웃어준다.

미호와 사쓰키는 이곳에서 자주 만나는 탓인지 표정도 말투도 똑같다. 특히 과자 먹는 법이 비슷해서 둘 다 네일아트를 한 손으로 쿠키를 작게 잘라서 입으로 가져가고 있다. 전부터 그랬나 하고 생각해내려 하지만 기억이 아리송하다. 전에 만났을 때 두 사람의 사소한 버릇이나 몸짓은 벌써 어딘가로 흘러가버렸는지 모른다.

"다음에는 더 많이 모일까? 모처럼 유카리도 고향으로 돌아왔고, 시호한테도 말해서……."

"그래그래, 좋아. 그러자!"

미호의 제안에 모두 몸을 앞으로 내민다.

"각자 남편과 아이도 데려와서 또 바비큐 파티를 하자."

"와아, 그래! 아이들끼리 친해지는 것도 좋잖아."

"아아, 그런 거 좋지."

부러운 듯한 목소리를 낸 사쓰키에게 유카리가 묻는다.

"아이를 가질 예정은 없어?"

"으응, 갖고는 싶은데……. 자연에 맡기고 있지만, 이제 슬슬 임신 준비 활동을 해볼까 해."

"그래, 좋은 타이밍이야. 단연코."

미호가 고개를 끄덕인다. 곤히 잠든 미호의 아이를 바라보는 사쓰키를 보고 있으면, 두 사람의 자궁도 서로 공명하고 있는 듯한 기분이 든다.

고개를 끄덕이고 있던 유카리가 문득 나에게 눈길을 보냈다.

"게이코는 아직 결혼하지 않았지?"

"응, 안 했어."

"그럼, 설마 지금도 아르바이트?"

나는 잠깐 생각했다. 이 나이에 번듯한 직장에 취직하지도 않고 결혼도 하지 않는 것이 이상한 일이라는 것쯤 나도 여동생의 설명을 들어서 알고 있다. 그래도 사실을 알고 있는 미호와 사쓰키 앞에서 유카리를 속이는 게 꺼림칙해서 나는 고개를 끄덕였다.

"응, 실은 그래."

내 대답에 유카리는 당혹스러운 표정을 지었다. 그리고 서둘러 말을 덧붙인다.

"몸이 별로 튼튼하지 못해서 지금도 아르바이트를 하는구나!"

나는 고향 친구를 만날 때는 지병이 좀 있고 몸이 약해서 아르바이트를 하고 있는 것으로 되어 있다. 일하는 곳에서는 부모님이 병약해서 보살펴야 하기 때문에 아르바이트를 하는 것으로 해두었다. 이 두 종류의 변명은 여동생이 궁리해주었다.

20대 초반에는 프리터가 드물지 않았기 때문에 특별히 변명할 필요가 없었지만, 대부분이 취직이나 결혼이라는 형태로 사회와 접속해 가고, 취직도 결혼도 하지 않은 사람은 이제 나밖에 없다.

몸이 약하다고 말하면서 날마다 오랜 시간을 서서 일하고 있으니까 속으로는 모두 이상하다고 생각하는 모양이다.

“이상한 거 물어봐도 돼? 저어, 연애해본 적 있니?”

농담조로 사쓰키가 묻는다.

“연애?”

“사귄 남자라든가……. 그러고 보니 게이코한테 그런 이야기는 들어본 적이 없네.”

“그래, 없어.”

반사적으로 솔직하게 대답하자 모두 입을 다물어버렸다. 곤혹스러운 표정을 지으면서 서로 눈짓을 하고 있다. 아, 맞다. 이럴 때는 "좋은 느낌이 든 적은 있지만 나는 사람 보는 눈이 없어!" 하고 애매하게 대답해서, 남자를 제대로 사귄 경험은 없지만 불륜 같은 무슨 사정이 있는 연애 경험은 있고 육체관계를 가진 적도 있는 듯한 분위기로 대답하는 편이 좋다고, 전에 여동생이 가르쳐주었다. "사적인 질문은 애매하게 대답하면 상대가 멋대로 해석해주니까" 하는 조언을 들었는데, 실수했구나 싶었다.

"나는 동성애자인 친구도 있고 해서 그런 걸 이해하는 편이야. 지금은 에이섹슈얼(무성애자. 누구에게도 성적 매력을 느끼지 않는 사람 또는 성생활에 대한 관심이 적거나 아예 없는 사람)이라고 하나? 뭐 그런 것도 있고……."

분위기를 수습하듯 미호가 말했다.

"그래그래. 늘어나고 있어. 젊은 사람은 그런 데 별로 흥미가 없지."

"커밍아웃하는 것도 어렵다고 텔레비전에서 그러더라."

성 경험은 없지만 성욕을 특별히 의식한 적도 없는 나는 성에 무관심할 뿐 특별히 괴로워한 적은 없었지만, 모두 내가 괴로워하고 있다는 것을 전제로 이야기를 진행시키고 있다. 설령 정말로 그렇다 해도, 반드시 모두가 말하는 그런 알기 쉬운 형태의 고뇌라고는 할 수 없는데, 아무도 거기까지는 생각하려 하지 않는다. 그쪽이 자기네한테는 알기 쉬우니까 그런 걸로 해두고 싶다고 말하는 것 같았다.

어린 시절 내가 삽으로 남학생을 때렸을 때도, 어른들은 모두 "분명 가정에 문제가 있다"면서 근거도 없는 억측으로 우리 가족을 비난하고 괴롭혔다. 내가 학대당한 아이라면 그 행동의 이유를 이해할 수 있고 안심할 수 있으니까, 그런게 틀림없다, 순순히 인정하라고 다그치는 것 같았다.

성가시다, 왜 그렇게 안심하고 싶을까 하고 생각하면서,

"으응, 어쨌든 나는 몸이 약하니까" 하고, 곤란할 때는 우선 이렇게 말하라고 여동생이 가르쳐준 변명을 되풀이했다.

"아, 그런가? 그래, 지병이 있으면 여러 가지로 어렵지."

"꽤 오래전부터 그랬는데, 괜찮니?"

빨리 편의점에 가고 싶다고 생각했다. 편의점에서는 일하는 멤버의 일원이라는 게 무엇보다 중요시되고, 이렇게 복잡하지도 않다. 성별도 나이도 국적도 관계없이, 같은 제복을 몸에 걸치면 모두 '점원'이라는 균등한 존재다.

시계를 보니 오후 세 시였다. 이제 슬슬 계산대의 정산이 끝나고, 은행에서 돈 바꾸는 일도 끝나고, 빵과 도시락이 트럭으로 배달되어 진열되기 시작할 무렵이다.

떨어져 있어도 편의점과 나는 연결되어 있다. 멀리 떨어진, 빛으로 가득한 스마일마트 히이로마치 역전점의 광경과 그곳을 가득 채우고 있는 웅성거림을 선명하게 머리에 떠올리면서, 나는 계산기를 두드리기 위해 가지런히 손톱을 자른 손을 무릎 위에서 가만히 어루만졌다.

아침에 일찍 눈이 떠졌을 때는 한 역 앞에서 내려 가게까지 걸어간다. 맨션이나 식당이 늘어서 있는 곳에서 가게 쪽

으로 걸어갈수록 사무용 빌딩이 늘어난다.

천천히 세계가 죽어가는 듯한 그 감각이 상쾌하다. 처음 이 가게에 홀려서 들어왔을 때와 다름없는 광경이다. 이른 아침, 이따금 양복 차림의 샐러리맨들이 빠른 걸음으로 지나갈 뿐, 생물은 거의 보이지 않는다.

이렇게 사무실밖에 없는데, 편의점에서 일하고 있으면 주민처럼 보이는 손님도 찾아오니까 도대체 어디에 살고 있는지 언제나 궁금하다. 이 매미 허물 속을 걷고 있는 듯한 세계 어딘가에서 내 '손님'이 잠자고 있구나 하고 멍하니 생각한다.

밤이 되면 사무실 불빛이 기하학적으로 늘어서 있는 광경으로 바뀐다. 내가 사는 값싼 아파트가 늘어서 있는 광경과는 달리, 빛도 무기질이고 균일한 색깔을 띠고 있다.

가게 주위를 걷는 것은 편의점 점원에게 중요한 정보 수집이기도 하다. 인근의 식당이 도시락을 팔기 시작하면 편의점 매상에 영향을 미치고, 새로 공사가 시작되면 거기서 일하는 손님이 늘어난다. 가게가 오픈한 지 4년째, 근처에 있는 경쟁 가게가 망했을 때는 힘들었다. 그쪽 가게를 이용하던 손님들이 우리 가게로 몰려드는 바람에 점심 피크타임이 끝나지 않아서 잔업을 해야 했다. 도시락이 부족하여 점장이 본사 직원에게 수요 조사를 제대로 하지 않았다고 야단을 맞았다. 그런 일이 일어나지 않도록 나는 이 거리를 점원으로서 정신 바짝 차리고 찬찬히 살펴보면서 걸어 다닌다.

오늘은 특별히 큰 변화는 없었지만, 가까이에 새 빌딩이 생길 모양이어서 완공되면 또 손님이 늘어날지 모른다. 그런 것을 머리에 새기면서 가게에 이르러 샌드위치와 차를 사서 뒷방에 들어가자, 오늘도 야근을 한 점장이 땀이 밴 몸을 둥글게 구부리고 컴퓨터에 숫자를 입력하고 있는 중이었다.

"안녕하세요!"

"아, 후루쿠라 씨, 오늘도 일찍 왔군!"

점장은 서른 살의 남자고, 항상 빠릿빠릿하다. 입은 좀 험하지만 부지런하고 유능한 일꾼으로 이 가게의 여덟 번째 점장이다.

두 번째 점장은 게으름을 피우는 버릇이 있었고, 네 번째 점장은 성실하고 청소를 좋아했고, 여섯 번째 점장은 성깔이 있는 사람이라 싫어했는데, 저녁 근무자 전원이 한꺼번에 가게를 그만두는 문제를 일으켰다. 여덟 번째 점장은 알바생들한테도 비교적 호감을 샀고, 스스로 몸을 움직여 일하는 타입이라서 보고 있으면 기분이 좋다. 일곱 번째 점장은 마음이 너무 약해서 야간조한테 좀처럼 주의를 주지 못해 가게가 너덜너덜해졌기 때문에, 입이 좀 험해도 이 정도가 일하기 쉽다고 여덟 번째 점장을 보면 생각한다.

18년 동안 '점장'은 모습을 바꾸면서 줄곧 가게에 있었다. 그들은 각자 모두 다른데, 전원이 합쳐져서 한 마리의 생물인 듯한 기분이 들 때가 있다.

여덟 번째 점장은 목소리가 커서 뒷방에서는 언제나 그의 목소리가 울려 퍼지고 있다.

"오늘 신참인 시라하[白羽] 씨가 올 거야. 저녁 시간에 연수를 했으니까 주간 근무는 처음이지. 잘해줘."

"네에!"

기운차게 대답하자 점장은 여전히 숫자를 쳐 넣으면서 몇 번이나 고개를 끄덕였다.

"후루쿠라 씨가 있으면 안심이야! 이와키 군이 본격적으로 빠져버리니까 한동안은 후루쿠라 씨와 이즈미 씨, 스가와라 씨, 그리고 새로 오는 시라하 씨까지 넷이서 낮에 가게를 꾸려나갈 텐데, 잘 부탁해! 나는 당분간 야간조에 들어갈 수밖에 없을 것 같아!"

음색은 전혀 다르지만 점장도 이즈미 씨와 마찬가지로 말꼬리를 길게 늘여서 말하는 버릇이 있다. 여덟 번째 점장은 이즈미 씨보다 나중에 왔으니까, 어쩌면 이즈미 씨의 말투가 점장에게 옮아갔는지도 모르고, 이즈미 씨가 점장의 말투를 흡수하여 점점 말꼬리를 늘이게 되었는지도 모른다. 그런 생각을 하면서 나는 고개를 끄덕이며 스가와라 씨의 말투로 말했다.

"네에, 괜찮습니다! 새 점원이 빨리 와주면 좋겠어요!"

"모집도 하고, 저녁 근무자한테 친구들 중에 알바 자리를 찾고 있는 아이는 없느냐고 물어보고도 있지만……! 주간조는 후루쿠라 씨가 일주일에 닷새나 나와주니까 도움이 돼."

일손이 부족한 편의점에서는 '좋든 나쁘든, 어쨌든 간에 점원으로서 가게에 존재한다'는 것이 아주 달갑게 여겨지는 경우가 있다. 나는 이즈미 씨나 스가와라 씨에 비하면 우수한 점원은 아니지만, 지각도 결근도 하지 않고 어쨌든 날마다 온다는 것만은 누구한테도 뒤지지 않기 때문에 좋은 부품으로 취급받고 있었다.

그때 문 저쪽에서 "저어……" 하는 가느다란 목소리가 들려왔다.

"아, 시라하 씨? 들어와요, 들어와. 근데 내가 30분 전에 출근하라고 말하지 않았나? 지각이야!"

점장의 목소리에 조용히 문이 열리고, 180센티미터는 족히 넘어 보이는 남자가 고개를 숙이면서 들어왔다. 후리후리하게 키가 커서 철사 옷걸이처럼 보인다.

자기가 철사 같은데, 은색 철사가 얼굴에 휘감겨 있는 듯한 안경을 쓰고 있다. 하얀 셔츠에 검은 바지로 가게의 규칙을 지킨 옷차림이지만, 너무 말라서 셔츠 사이즈가 몸에 맞지 않아 손목이 드러나 보이고, 배 언저리에는 부자연스럽게 주름이 잡혀 있었다.

피골이 상접한 듯한 시라하 씨의 모습에 순간 놀랐지만 나는 곧 고개를 숙였다.

"처음 뵙겠습니다! 주간조의 후루쿠라예요. 잘 부탁합니다!"

지금의 말투는 점장과 비슷했는지도 모른다. 시라하 씨는 내 큰 목소리에 겁먹은 듯한 표정을 지으며 "네에……" 하고 애매한 대답을 했다.

"자, 시라하 씨도 인사해요! 처음이 중요하니까 정확하게 인사해!"

"네에…… 안녕하십니까……."

시라하 씨는 우물우물하며 작은 소리를 냈다.

"오늘은 연수도 끝나고, 이제 주간조의 일원이니까……! 계산대와 청소와 기본적인 패스트푸드 만드는 방법만은 가르쳐주었지만, 기억해야 할 게 잔뜩 있으니까. 이쪽은 후루쿠라 씨, 이 가게가 오픈했을 때부터 줄곧 여기 있었으니 뭐든지 물어서 배워!"

"네에……."

"무려 18년이야, 18년! 하하하, 시라하 씨, 깜짝 놀랐지? 대선배야!?"

점장의 말에 시라하 씨가 "예……?" 하며 의아한 표정을 짓는다. 움푹 들어간 눈이 더 안쪽으로 들어간 듯한 느낌이 들었다.

어색한 분위기를 어떻게 할까 생각하고 있을 때, 기세 좋게 문이 열리고 스가와라 씨가 모습을 나타냈다.

"안녕하세요!"

악기가 든 케이스를 등에 메고 뒷방에 들어온 스가와라 씨는 시라하 씨를 보고 쾌활하게 말을 걸었다.

"아, 새로 온 분이구나! 잘 부탁할게요!"

스가와라 씨의 목소리는 점장이 여덟 명째로 바뀐 뒤 점점 더 커지고 있는 듯한 느낌이 든다. 왠지 좀 기분이 나쁘다고 생각하는 동안, 어느새 스가와라 씨도 시라하 씨도 몸차림을 끝냈다.

"좋아, 그럼 오늘은 내가 조회를 할까……."

점장이 말했다.

"그럼 오늘의 전달 사항! 우선 시라하 씨의 연수 기간이 끝나서 오늘부터 아홉 시에서 다섯 시까지 일할 거예요. 시라하 씨, 어쨌든 기운차게 목소리를 내고 힘내! 모르는 게 있으면 두 사람한테 물어봐요! 둘 다 베테랑이니까. 오늘 점심 피크타임에도 가능하면 계산기를 두드려보고!"

"아, 예에……."

시라하 씨가 고개를 끄덕인다.

"다음, 오늘은 프랑크소시지가 세일이니까 잔뜩 들여놔요! 목표는 백 개! 요전에 세일했을 때 여든세 개 팔았으니까 팔 수 있어, 팔 수 있어! 쑥쑥 나갈 거야. 후루쿠라 씨, 잘 부탁해!"

"네에!"

나는 목청을 높여 힘차게 대답한다.

"어쨌든 체감온도라는 게 중요하니까. 가게에서는! 어제와 기온 차도 심하고, 오늘은 찬 음식이 잘 팔릴 거니까 음료가 줄어들면 보충하도록 신경을 써요! 추천 상품은 세일하는 프랑크소시지와 신상품 디저트인 망고푸딩으로 갑시다!"

"알겠습니다!"

스가와라 씨도 시원시원하게 대답한다.

"그럼 전달 사항은 이 정도로 하고, 6대 접객 용어와 맹세의 말을 제창합시다. 자, 나를 따라 하세요!"

우리는 점장의 커다란 목소리에 맞춰 소리를 질렀다.

"'우리는 손님에게 최고의 서비스를 제공하고, 지역 손님에게 사랑받고 선택받는 가게를 지향해나갈 것을 맹세합니다!'"

"우리는 손님에게 최고의 서비스를 제공하고, 지역 손님에게 사랑받고 선택받는 가게를 지향해나갈 것을 맹세합니다!"

"'어서 오세요!'"

"어서 오세요!"

"'알겠습니다!'"

"알겠습니다."

"'고맙습니다!'"

"고맙습니다!"

세 사람의 목소리가 겹친다. 점장이 있으면 역시 조회가 빡빡하구나 생각하고 있을 때, 시라하 씨가 나직하게 중얼거렸다.

"……무슨 종교 같잖아."

그래요, 하고 반사적으로 마음속에서 대답한다.

지금부터 우리는 편의점을 위한 '점원'이라는 존재가 된다. 시라하 씨는 거기에 아직 익숙하지 않은 듯 입을 삐끔거릴 뿐 거의 목소리를 내지 않았다.

"조회 끝! 오늘 하루도 분발합시다!"

점장의 말에 "네에!" 하고 나와 스가와라 씨가 대답했다.

"저기, 뭐 모르는 게 있으면 주저 말고 물어봐요."

내가 말을 걸자 시라하 씨가 희미하게 웃었다.

"모르는 거라면…… 편의점 알바에 대해서 말인가요?"

시라하 씨는 코로 웃었고, 웃는 순간 코가 푸우 하는 소리를 내면서 콧물이 콧구멍에 막을 형성하는 것이 보였다.

종이로 만든 것처럼 바싹 마른 시라하 씨의 건조한 피부 안쪽에도 막을 칠 정도의 수분이 있구나 생각하며 나는 그 막이 찢어지는 데 정신이 팔려 있었다.

"별로 없어요. 나도 대충은 알고 있고."

시라하 씨가 작은 목소리로 빠르게 말했다.

"혹시 경험자인가요?"

스가와라 씨의 질문에, 시라하 씨는 "예? 아뇨, 아닙니다" 하고 작은 소리로 대답한다.

"자자, 아직 배울 건 잔뜩 있어요. 그럼 후루쿠라 씨, 페이스업(상품을 앞면이 보이게 진열하는 것)부터 부탁해! 나도 오늘은 퇴근해서 잠이나 잘 거야."

"네에!"

스가와라 씨는 "그럼 난 계산대로 갑니다!" 하고 달려갔다.

나는 시라하 씨를 팩 음료가 있는 곳으로 데려가서 스가와라 씨한테 배운 말투로 말을 걸었다.

"그럼 우선은 페이스업을 부탁해요! 팩 음료는 아침에 특히 잘 팔리니까 매대를 깔끔하게 정돈해줘요. 페이스업하면서 가격표가 제대로 붙어 있는지도 확인하고요! 그리고 작업하고 있을 때도 손님이 말을 걸면 인사를 잊지 마요. 손님이 물건을 사러 오면 얼른 비켜서 물건 고르는 데 방해가 되지 않도록 하고요!"

"알았어요."

시라하 씨는 나른한 듯 대답하고, 팩 음료를 페이스업하기 시작한다.

"그 일이 끝나면 청소를 가르쳐줄 테니까, 말해요!"

그는 대답하지 않고 말없이 작업을 계속할 뿐이었다.

한동안 계산기를 두드리다가 아침 피크타임 행렬이 끝난 뒤 상황을 살피러 가니 시라하 씨의 모습이 보이지 않았다. 팩 음료는 진열이 엉망이고, 오렌지주스가 있어야 할 곳에 우유가 진열되어 있었다.

시라하 씨를 찾으러 가보니 께느른한 몸짓으로 뒷방에서 매뉴얼을 읽고 있는 참이었다.

"무슨 일이에요? 뭐 모르는 게 있었나요?"

시라하 씨는 매뉴얼 페이지를 넘기면서 젠체하는 어조로

말했다.

"이런 체인점의 매뉴얼은 정곡을 찌르지 못한달까, 잘되어 있질 않군요. 이런 것부터 제대로 해야만 회사도 개선되어간다고 생각합니다."

"시라하 씨, 아까 부탁한 페이스업 말인데요, 아직 안 끝났나요?"

"아니, 그걸로 끝인데요?"

시라하 씨가 매뉴얼에서 눈을 떼지 않았기 때문에 나는 다가가서 당차게 목소리를 냈다.

"시라하 씨, 매뉴얼보다 페이스업이 우선이에요! 페이스업과 손님에게 인사하는 건 기본 중의 기본이라고요! 몰랐다면 함께 해요!"

나는 내키지 않는 듯한 시라하 씨를 다시 팩 음료 매대까지 데려가서, 잘 알아듣게 설명하면서 손을 움직여 상품을 말끔하게 다시 진열했다.

"이렇게 상품의 얼굴이 손님을 향하도록 늘어놔요! 그리고 자리는 멋대로 옮기지 마요. 여기가 야채주스, 여기가 두

유를 놓는 자리로 정해져 있고……."

"이런 건 남자의 본능에 어울리는 일이 아니군요."

시라하 씨가 나직하게 중얼거렸다.

"석기시대부터 그렇잖습니까. 남자는 사냥하러 가고, 여자는 집을 지키면서 나무 열매나 들풀을 모아놓고 남자가 돌아오기를 기다리지요. 이런 작업은 뇌 구조상 여자한테 알맞은 일이라고요."

"시라하 씨! 지금은 현대예요! 편의점 점원은 남자도 여자도 아니고 모두 점원이에요! 아, 뒷방에 재고가 있는데, 그걸 진열하는 일도 함께 배워요!"

붙박이 수납장에서 재고를 꺼내 와 시라하 씨에게 진열하는 법을 설명한 뒤, 나는 급히 내 일로 돌아갔다.

프랑크소시지 재고를 가지고 계산대로 가자, 커피머신에 원두를 보충하고 있던 스가와라 씨가 미간에 주름을 잡으면서 내 쪽을 보았다.

"저 사람, 뭔가 이상하지 않아요? 연수를 끝내고 오늘이 첫날이잖아요? 아직 계산기도 제대로 두드리지 못하는 주제에 발주 업무를 시켜달라고 하더라고요!"

"헤에."

방향성은 어떻든 간에 할 마음이 있는 것은 좋은 일이라고 생각하고 있자, 스가와라 씨가 부드럽고 탄력 있는 볼을 들어 올리며 빙긋 웃었다.

"후루쿠라 씨는 화내지 않는군요."

"응?"

"아니, 후루쿠라 씨가 대단해서요. 난 저런 사람 질색이에요. 짜증이 나서 견디기 힘들어요. 하지만 후루쿠라 씨는 나나 이즈미 씨와 장단을 맞추어서 함께 화를 내줄 때도 있지만, 기본적으로 후루쿠라 씨가 먼저 불평을 하거나 하는 경우는 별로 없잖아요. 보기 싫은 신참한테도 화내는 걸 본 적이 없어요."

움찔했다.

내가 가짜라는 것을 들킨 듯한 기분이 들어서 나는 황급히 표정을 고쳤다.

"그런 거 아니야. 내색하지 않을 뿐이지!"

"그래요? 후루쿠라 씨가 화내면 정말로 충격받아요!"

스가와라 씨가 소리 높여 웃는다. 느긋한 스가와라 씨 앞에서 나는 세심한 주의를 기울여 말을 뽑아내고, 얼굴 근육을 계속 움직이고 있다.

바구니를 계산대에 놓는 소리가 들려 재빨리 돌아보니 지팡이를 짚은 단골 할머니가 서 있었다.

"어서 오세요!"

씩씩하게 상품의 바코드를 스캔하기 시작하자 할머니는 눈을 가늘게 뜨고 말했다.

"여기는 변함이 없네요."

나는 조금 사이를 두었다가, "글쎄요!" 하고 대답했다.

점장도, 점원도, 나무젓가락도, 숟가락도, 제복도, 동전도, 바코드가 찍힌 우유와 달걀도, 그것을 넣는 비닐봉지도, 가게를 오픈했을 당시의 것은 이제 거의 남아 있지 않다. 줄곧 있긴 하지만 조금씩 교체되고 있다.

그것이 '변함없다'는 것인지도 모른다. 나는 그런 생각을 하면서,

“390엔입니다!” 하고 큰 소리로 할머니에게 알렸다.

아르바이트를 쉬는 금요일, 나는 여동생이 사는 요코하마 방면의 주택가로 가고 있었다.

여동생이 살고 있는 곳은 신흥 주택가의 역 앞에 있는 신축 아파트다. 여동생의 남편은 전기회사에 다니는데, 대개 마지막 전철을 타고 돌아온다고 한다.

아파트는 그렇게 넓지 않지만 새로 지어서 깨끗하고 살기 편하도록 모든 것이 갖추어져 있다.

“언니, 어서 올라와. 지금 유타로를 막 재운 참이야.”

여동생의 목소리에 “그럼 실례할게” 하면서 살짝 아파트로 들어간다. 조카가 태어난 뒤 여동생 집을 방문한 것은 처음이었다.

“육아는 어때? 역시 힘들지?”

“뭐, 힘들긴 하지만, 조금은 익숙해졌나? 아기도 많이 차분해졌어. 밤에도 잠을 자주고."

조카는 병원에서 유리창 너머로 보았을 때와는 다른 생물처럼 인간다운 형태로 부풀어 오르고 머리카락도 돋아나 있었다.

나는 홍차, 여동생은 루이보스 차를 마시면서 내가 가져온 케이크를 둘이서 나눠 먹었다.

"맛있다. 유타로가 있으니까 좀처럼 외출도 할 수 없어서 이런 걸 전혀 먹지 못했거든."

"잘됐네."

"언니한테 먹을 걸 받으면 어릴 적 생각이 나."

여동생이 조금 부끄러운 듯이 웃었다.

자고 있는 조카 볼을 집게손가락으로 만지자 물집을 어루만지는 듯한 묘한 부드러움이 느껴졌다.

"유타로를 보고 있으면 역시 동물이라는 느낌이 들어."

여동생이 기쁜 듯이 말한다. 조카는 몸이 약해서 금방 열이 나기 때문에 동생은 언제나 아이한테만 매달려 있다. 갓난아기한테는 흔히 있는 일이고 괜찮다는 것을 알고 있어도 열이 나면 불안해지는 모양이다.

"언니는 어때? 아르바이트는 괜찮아?"

"응, 건강하게 일하고 있어. 아 참, 요전에 미호랑 친구들을 만나러 고향에 갔었어."

"뭐, 또? 좋네. 조카 얼굴도 좀 더 자주 보러 와."

여동생은 웃지만, 나는 미호의 아이도 내 조카도 똑같아 보여서 일부러 조카를 보러 와야 할 이유를 잘 모르겠다. 하지만 이쪽 아기가 더 소중히 여기지 않으면 안 되는 아기일 것이다. 나한테는 둘 다 도둑고양이 같고, 약간의 차이는 있어도 '갓난아기'라는 같은 종류의 동물로밖에 보이지 않는다.

"아 참, 아사미, 뭔가 좀 더 좋은 변명은 없을까? 요즘에는 몸이 약하다고만 말하면 상대가 의아한 표정을 짓는 상황이 되어버렸어."

"……음, 생각해볼게. 언니는 리허빌리테이션(신체나 정신 장애인 또는 후유증이 있는 사람을 대상으로 기능 회복과 사회 복귀를 위해 행하는 종합적인 치료와 훈련) 중이니까, 몸이 약하다고 말하는 것도 완전히 변명이나 거짓말은 아니야. 당당하게 말해."

"하지만 이상한 사람으로 보이면, 나를 이상하지 않게 생각하던 사람이 꼬치꼬치 캐묻잖아? 그런 귀찮은 상황을 피하려면 그럴듯한 변명이 있어야 편리해."

이상한 사람한테는 흙발로 쳐들어와 그 원인을 규명할 권리가 있다고 다들 생각한다. 나한테는 그게 민폐였고, 그 오만한 태도가 성가시게 느껴졌다. 너무 방해가 된다고 생각하면 초등학교 때처럼 상대를 삽으로 때려서 그러지 못하게 해버리고 싶어질 때가 있다.

그런 이야기를 무심코 했다가 여동생이 금방이라도 울음을 터뜨릴 것 같아졌던 일이 생각나서 입을 다물었다.

어릴 적부터 친절하게 대해준 여동생을 슬프게 하는 건 내 본심이 아니니까.

"그러고 보니, 유카리를 오랜만에 만났다가 내 분위기가 달라졌다는 말을 들었어" 하고 밝은 화제를 입에 올렸다.

"응, 언니가 전과는 좀 달라졌는지도 몰라."

"그래? 하지만 너도 전과는 달라. 전보다 어른스러워진 듯한 기분이 들어."

"그게 무슨 소리야? 난 벌써 오래전에 어른이 되었다고."

눈꼬리에 주름을 잡는 여동생은 전보다 말투도 차분해졌고, 옷차림은 모노톤으로 바뀌었다. 지금 여동생 주위에는 이런 사람이 많을지도 모른다.

아기가 울기 시작했다. 여동생이 황급히 달래면서 울음을 그치게 하려고 애쓴다.

탁자 위에 케이크를 반으로 자를 때 쓴 작은 칼이 놓여 있는 것을 보면서, 울음을 그치게만 하는 거라면 아주 간단한데, 힘들겠구나 하고 생각했다. 여동생은 필사적으로 아기를 부둥켜안고 있다. 나는 그 모습을 보면서 케이크 크림이 묻은 입술을 훔쳤다.

이튿날 아침에 출근하자 가게가 여느 때와 달리 긴장된 분위기에 싸여 있었다.

자동문으로 가게에 들어서는 순간, 단골인 남자 손님이

입구에서 겁먹은 듯 잡지 코너 쪽을 보고 있었다. 언제나 커피를 사 가는 여자 손님이 나와 엇갈리듯 빠른 걸음으로 가게를 빠져나가고, 빵 매대 앞에서는 남자 손님 두 명이 소곤소곤 이야기를 나누고 있었다.

도대체 무슨 일일까 하고 손님들의 시선을 따라가보니, 모두가 낡아빠진 양복 차림의 중년 사내를 눈으로 좇고 있음을 알아차렸다.

그는 가게를 돌아다니며 여러 손님에게 말을 걸고 있는 모양이다. 내용을 잘 들어보니 아무래도 손님들에게 주의를 주고 있는 것 같았다. 구두가 더러운 남자에게는 새된 목소리로 "이봐요, 거기 당신! 바닥을 더럽히지 마요" 하고 말하고, 초콜릿을 보고 있는 여자 손님에게는 "아아, 안 돼요. 모처럼 가지런히 진열되어 있는데 엉망으로 휘저어놓다니!" 하고 소리를 질러댔다. 손님들은 그 중년 사내가 다음에는 자기한테 말을 걸면 어떡하지 하고 곤혹스러워하면서 멀찌감치 둘러서서 남자의 움직임을 지켜보고 있었다.

계산대는 혼잡했다. 점장은 골프 택배를 접수하고 있어서 손을 뗄 수 없어 다트 군이 필사적으로 계산기를 두드리고 있었다. 계산대 앞에 손님들이 줄을 서 있는데, 중년 사내가 그쪽으로 다가오더니 줄을 흐트러뜨리고 있는 한 손님에게 "벽을 따라 한 줄로 서요" 하고 말했다. 기분 나쁘지만 아침에는 바쁘니까 서둘러 쇼핑을 끝내는 것이 상책이므로, 줄을 서 있던 그 회사원은 철저히 무시하면서 중년 사내와 눈이 마주치지 않도록 조심하는 것 같았다.

나는 서둘러 뒷방으로 가 사물함에서 제복을 꺼냈다. 옷을 갈아입으면서 방범 카메라를 보니, 이번에는 잡지 매대 쪽으로 간 중년 사내가 거기에 서서 잡지를 읽고 있는 손님에게 "사지도 않고 읽으면 안 됩니다. 내려놔요!" 하고 큰 소리로 주의를 주고 있었다.

주의를 받은 젊은이는 불쾌한 듯 사내를 노려보고는 계산기를 열심히 두드리고 있는 다트 군에게,

"이 사람 도대체 뭐예요? 누구예요? 여기 직원인가요?" 하고 물었다.

"아뇨, 손님입니다."

다트 군이 계산하는 도중에 곤혹스러워하면서 대답하자,

"뭐야! 그럼 외부인이잖아. 당신 뭐야? 무슨 권리로 쓸데없는 말을 하는 거야?" 하고 젊은이가 중년 사내에게 따져 물었다.

말썽이 일어났을 경우에는 신속하게 사원에게 대응을 맡기도록 되어 있다. 그 규칙에 따라 나는 서둘러 제복으로 갈아입고 계산대로 갔다. "점장님, 부탁합니다!" 말하고 점장 대신 계산기를 맡자, 점장은 작은 소리로 "우와, 살았다. 고마워!" 하고는 바로 카운터 밖으로 달려 나가 중년 사내와 젊은이 사이에 급히 끼어들었다. 나는 택배 부본副本을 손님에게 건네주면서, 가게 안에서 서로 치고받는 몸싸움이 일어나지나 않을까 싶어 곁눈질로 그쪽을 보고 있었다. 그럴 때는 바로 방범벨을 울리도록 되어 있다.

점장이 잘 대응한 모양인지, 오래지 않아 중년 사내는 뭐라고 투덜거리면서 가게를 나갔다.

안도하는 분위기가 흐르고, 가게 안은 원래의 통상적인 아침 풍경으로 돌아왔다.

이곳은 강제로 정상화되는 곳이다. 이물질은 바로 배제된다. 좀 전까지 가게를 가득 채우고 있던 불온한 공기는 말끔히 사라지고, 가게 안의 손님들은 아무 일도 없었던 것처럼 늘 사는 빵이나 커피를 사는 데 집중하기 시작했다.

"고마워, 후루쿠라 씨. 덕분에 살았어."

손님 행렬이 끝나 뒷방으로 돌아가자 점장이 말했다.

"아니에요. 말썽이 일어나지 않아서 다행이에요!"

"그 손님은 뭘까. 본 적이 없는 얼굴이었는데."

뒷방에 이미 와 있던 이즈미 씨가 "무슨 일이 있었나요?" 하고 점장에게 물었다.

"아까 이상한 손님이 있었어. 가게 안을 돌아다니면서 다른 손님들한테 주의를 주거나 했지. 말썽이 일어나기 전에 나가줘서 다행이야!"

"무슨 일일까요? 단골인가요?"

"아니, 전혀 모르는 얼굴이야. 그래서 영문을 모르겠지만, 일부러 남이 싫어하는 짓궂은 짓을 하는 느낌도 아니었고……. 또 오면 바로 나한테 연락해. 다른 손님과 말썽이 일어나면 큰일이니까."

"네, 알겠습니다."

"그럼 나는 퇴근할게. 오늘도 야근이야."

"수고하셨어요. 아 참, 점장님, 시라하 씨한테 주의 좀 주실 수 없나요? 그 사람 농땡이 부리는 버릇이 있는데, 내가 말해도 소용없어요."

이즈미 씨는 사원이나 같은 존재이기 때문에 알바생에 대해서도 점장과 서로 의논하거나 한다.

"그 녀석 정말로 못쓰겠어. 면접 때부터 예감이 안 좋았는데, 편의점 알바를 깔보는 투로 지껄이더라고. 그럼 일하지 말라고 했지. 그래도 일손이 부족해서 채용했는데. 그 녀석은 정말이지 한번 따끔하게 말해줄 필요가 있어."

"그 사람 지각도 잦아요. 오늘도 아홉 시부턴데 아직 오지 않고……."

이즈미 씨가 얼굴을 찌푸렸다.

"그 사람 서른다섯 살이라고 했어요. 그런데 여태껏 편의점 알바라니, 이제 슬슬 끝내지 않을까요?"

"인생 종 친 거지. 그 녀석은 안 돼. 사회의 짐이야. 인간은 말야, 일이나 가정을 통해 사회에 소속하는 게 의무야."

크게 고개를 끄덕인 이즈미 씨가 문득 생각난 것처럼 점장을 쿡 찌르며,

"후루쿠라 씨처럼 가정 사정이 있다면 이해하겠지만. 그렇죠?" 하고 말했다.

"아, 그래그래. 후루쿠라 씨는 어쩔 수 없잖아. 게다가 남자와 여자의 차이도 있으니까!"

점장도 서둘러 말했고, 내가 미처 대답하기도 전에 화제는 시라하 씨한테로 돌아갔다.

"거기에 비하면 시라하는 정말로 끝났어. 그 녀석은 계산대 안에서 휴대폰을 만지작거릴 때도 있어."

"맞아요, 그건 나도 봤어요!"

두 사람의 대화를 듣고 내가 놀라서 물었다.

"아니, 근무 중에 말인가요?"

근무 중에는 휴대폰을 갖고 다니지 않는 것이 기본적인 규칙이다. 왜 그런 간단한 규칙을 깨버리는지, 나는 도무지

이해할 수가 없었다.

"내가 없는 시간은 언제나 간단히 방범 카메라로 훑어보잖아? 시라하 씨는 신참이고, 어떤 사람일까 궁금해서 보고 있었지. 겉으로는 나름대로 하고 있지만, 좀 농땡이 부리는 버릇이 있는 것 같더군."

"알아차리지 못해서 미안해요."

"아니야, 후루쿠라 씨가 사과할 일은 아니지. 후루쿠라 씨는 최근에 특히 손님에게 열심히 인사를 해주고 있어. 카메라로 봐도 굉장히 분발하고 있구나 하는 느낌이야. 훌륭해. 후루쿠라 씨는 매일 근무인데도 일을 날림으로 하지 않으니까."

여덟 번째 점장은 내가 편의점에 대해 언제나 진심으로 기도하고 있다는 것을 자리에 없을 때도 다 봐주고 있다.

"고맙습니다!"

힘차게 인사했을 때, 문이 열리고 시라하 씨가 말없이 들어왔다.

"……아, 안녕하세요."

맥 빠진 작은 목소리로 시라하 씨가 인사한다. 시라하 씨는 빼빼 말라서 바지가 잘 내려가는지, 하얀 셔츠 속으로 멜빵이 어렴풋이 비쳐 보인다. 팔을 봐도 뼈에 피부가 찰싹 달라붙어 있는 것 같고, 그 옹색할 만큼 좁아 보이는 몸속에 내장은 어떻게 들어가 있을까 싶은 생각이 든다.

"시라하 씨, 지각이야, 지각! 5분 전에는 제복을 입고 조회를 하지 않으면 안 돼! 그리고 아침 인사는 확실하게 해! 사무실 문을 열 때는 기운차게 인사하고! 그리고 휴식 시간 외에는 휴대폰 금지야! 계산대 안에 휴대폰을 갖고 들어가지? 다 보고 있어."

"아…… 네, 죄송합니다……."

시라하 씨가 눈에 띄게 당황한다.

"아, 저어, 그거 어제 일이죠? 후루쿠라 씨가 보았나 보군요?"

내가 고자질했다고 생각하는 듯한 시라하 씨에게 "아뇨!" 하고 고개를 젓자, 점장이 말했다.

"카메라, 카메라! 나는 야근할 때도 주간조를 다 보고 있어. 휴대폰에 대해서는 규칙상 어떻다고 분명하게 설명하지 않았는지 모르지만, 어쨌든 휴대폰은 안 돼!"

"아, 네, 몰랐습니다. 죄송합니다……."

"오늘부터는 절대로 그러지 마! 아, 이즈미 씨, 잠깐 밖에 나갈 수 있어? 저기, 엔드 진열대 말인데, 이제 슬슬 여름 선물용 상품으로 바꾸고 싶어. 이번에는 매장을 화려하게 만들 생각이야."

"아, 네, 벌써 선물 견본이 와 있나요? 도와드릴게요."

"오늘 안으로 해버리고 싶지만, 선반 높이를 전부 바꾸어야 돼. 아래 단에 여름용 잡화도 놔둘 생각이니 한 단을 더 늘리면 좋겠어. 아, 후루쿠라 씨와 시라하 씨는 조회를 하고 있어줄래? 그 일 먼저 하고 올게."

"네에!"

점장과 이즈미 씨가 뒷방에서 나가자 시라하 씨가 작게 혀를 찼다.

문득 그쪽으로 시선을 돌리니, 시라하 씨가 내뱉듯이 말했다.

"쳇! 편의점 점장 나부랭이가 잘난 체하기는."

편의점에서 일하고 있으면 그런 곳에서 일한다고 멸시당하는 경우가 자주 있다. 나는 그게 몹시 흥미로워서 그렇게 깔보는 사람의 얼굴 보는 걸 비교적 좋아한다. 아, 저게 인간이구나 하는 느낌이 든다.

자기가 하는 일인데도 그 직업을 차별하는 사람도 가끔 있다. 나는 무심코 시라하 씨의 얼굴을 바라보았다.

무언가를 깔보는 사람은 특히 눈 모양이 재미있어진다. 그 눈에는 반론에 대한 두려움이나 경계심, 또는 상대가 반발하면 받아쳐줘야지 하는 호전적인 빛이 깃들어 있는 경우도 있고, 무의식적으로 깔볼 때는 우월감이 뒤섞인 황홀한 쾌락으로 생겨난 액체에 눈알이 잠겨서 막이 쳐져 있는 경우도 있다.

나는 시라하 씨의 눈동자를 들여다보았다. 단순한 차별 감정이 어려 있을 뿐, 지극히 단조로운 모양이었다.

내 시선을 느꼈는지 시라하 씨가 입을 열었다. 이뻐리가 누렇고, 검은 부분도 있었다. 오랫동안 치과에 가지 않았는지도 모른다.

"저렇게 으스대고 있지만 이런 작은 가게의 고용 점장은 루저예요. 밑바닥 인생 주제에 으스댈 수는 없죠. 똥자루 같은 자식……."

말만 들으면 과격하지만 작은 소리로 중얼거리고 있을 따름이어서, 왠지 히스테리 부리는 걸 보는 느낌은 들지 않는다. 내가 보기에 차별하는 사람은 두 종류가 있다. 한 부류는 차별에 대한 충동이나 욕망을 자기 내면에 지니고 있지만, 또 한 부류는 어디선가 들은 이야기를 그대로 받아들여 아무 생각 없이 되는대로 차별 용어를 연발할 뿐이다. 시라하 씨는 후자인 것 같았다.

시라하 씨는 이따금 말을 틀리면서 빠른 말씨로 계속 지껄이고 있다.

"이 가게는 정말이지 밑바닥 인생들뿐이에요. 편의점은 어디나 그렇지만, 남편의 수입만으로는 살아갈 수 없는 주부, 이렇다 할 장래 설계도 없는 프리터, 대학생도 가정교사 같은 수지맞는 아르바이트는 할 수 없는 밑바닥 대학생뿐이고, 나머지는 일본으로 돈 벌러 온 외국인이죠. 정말로 밑바닥 인생뿐이에요."

"그렇군요."

꼭 나 같다. 인간다운 말을 하고 있지만 사실은 아무것도 말하지 않는다. 아무래도 시라하 씨는 '밑바닥'이라는 말을 좋아하는 것 같았다. 그 짧은 시간 동안 네 번이나 그 말을 썼다. 스가와라 씨가 "농땡이를 부리고 싶을 뿐이면서 변명만 늘어놓는데, 그게 더 기분 나쁘다"고 말한 것을 생각하면서, 나는 시라하 씨 말에 적당히 고개를 끄덕이고 있었다.

"시라하 씨는 왜 여기서 일하기 시작했어요?"

그냥 소박한 질문이 떠올랐기 때문에 물어보니, 시라하 씨는,

"일종의 혼활('결혼 활동'의 줄임말. 결혼하기 위해 결혼정보회사에 가입하거나 미팅파티, 맞선에 적극 나서는 등의 여러 활동)이죠" 하고 아무렇지도 않게 대답했다.

"정말요?"

나는 놀라서 소리쳤다. 지금까지는 집에서 가깝기 때문이

라든가 재미있을 것 같아서라든가 여러 가지 이유를 들었지만, 이런 이유로 편의점에서 일하기 시작한 사람을 만난 것은 처음이었다.

“하지만 실수였어요. 변변한 상대가 없어요. 젊은것들은 놀기 좋아하는 애들뿐이고, 나머지는 한물간 나이 든 여자들뿐이니…….”

“편의점은 학생 알바가 많고, 혼기가 찬 사람은 그렇게 많지 않아요.”

“손님 중에는 그럭저럭 괜찮은 여자가 꽤 있지만 콧대 높은 여자가 많아요. 이 동네에는 큰 회사만 있으니까, 그런 데서 일하는 여자는 너무 으스대서 싫어요.”

시라하 씨는 누구한테 말하고 있는지, 벽에 붙어 있는 ‘백중날 판매 목표를 달성하자!’라는 포스터를 바라보면서 계속 입을 움직이고 있다.

“그 여자들은 같은 회사에 다니는 남자들한테만 추파를 던지고, 나 같은 놈하고는 눈조차 마주치려고 하지 않아요. 석기시대부터 여자들은 대개 그래요. 마을에서 제일가는 젊고 예쁜 아가씨는 힘세고 사냥도 잘하는 남자의 차지가 되죠. 강한 유전자가 살아남고, 남은 찌꺼기들은 찌꺼기끼리 서로 위로하는 길밖에 남지 않아요. 현대사회라는 건 환상이고, 우리는 석기시대와 별로 다르지 않은 세계에서 살고 있다고요. 도대체 남녀평등이니 뭐니 하면서……."

"시라하 씨, 이제 슬슬 제복으로 갈아입어요. 빨리 조회를 하지 않으면 늦어요."

손님 험담을 시작한 시라하 씨에게 말하자, 마지못해 떨떠름한 태도로 배낭을 들고 사물함으로 갔다. 짐을 사물함에 밀어 넣으면서도 혼자 무어라고 투덜거리고 있었다.

그런 시라하 씨를 보면서 나는 아까 점장에게 쫓겨난 중년 사내를 떠올렸다.

"저어…… 복원될까요?"

"예?"

잘 들리지 않았는지 시라하 씨가 되묻는다.

"아니, 아무것도 아니에요. 옷을 갈아입었으면 서둘러 조회를 합시다!"

편의점은 강제로 정상화되는 곳이니까, 당신도 곧 복원되어버릴 거예요.

이 말을 나는 입 밖에 내어 말하지는 않고, 빈둥거리며 옷을 갈아입는 시라하 씨를 바라보고 있었다.

월요일 아침에 가게에 가니, 근무 교대표에 붉은 가새표가 그려져 있고 시라하 씨 이름이 지워져 있었다. 갑자기 휴가를 냈나 하고 생각하고 있을 때, 시간이 되어 나타난 사람은 오늘 쉬기로 되어 있는 이즈미 씨였다.

"안녕하세요! 아, 점장님, 시라하 씨는 어떻게 된 거예요?"

야근을 끝낸 점장이 뒷방으로 들어왔기에 물어보니, 점장과 이즈미 씨는 서로 얼굴을 마주 보며 "아…… 시라하 씨……" 하고 쓴웃음을 지었다.

"어제 잠깐 면담을 했는데 이제 교대 근무에 포함하지 않기로 했어."

점장은 아무렇지 않은 듯 태연하게 말했고, 나도 마음속 어딘가에서는 '아, 역시……' 하고 생각하고 있었다.

"게으름을 피우고 폐기한 음식을 몰래 먹는 것까지는 뭐, 원래는 안 되지만 그래도 눈감아주고 있었는데, 우리 단골인 여자 손님…… 왜 있잖아, 전에 양산을 두고 갔다가 찾으러 온 사람 말이야, 그 사람한테 스토커 같은 짓을 해온 모양이야. 택배에 적힌 전화번호를 휴대폰 카메라로 찍거나 집이 어딘지 알아내려고 했나 봐. 이즈미 씨가 눈치채고 나도 당장 방범 카메라를 확인해봤지. 면담하고 그만두게 했어."

바보로군, 하고 나는 생각했다. 사소한 규칙을 어기는 점원은 있지만 이렇게까지 심한 경우는 들어본 적이 없다. 경찰에 신고당하지 않은 것만도 다행이라고 생각했다.

"그 녀석은 처음부터 이상했어. 저녁에 근무하는 여자애한테도 가게 연락망을 보고 전화를 걸거나 뒷방에서 기다렸다가 함께 퇴근하려 하고, 유부녀인 이즈미 씨한테까지 집적거리고…… 그런 근성으로 열심히 일하라고 했지. 후루쿠라 씨도 싫어했잖아?"

점장이 말하자, 이즈미 씨가 얼굴을 찌푸린다.

"정말 기분 나빠. 그런 사람은 변태예요. 점원이 안 되면 손님한테까지 추근대고. 정말 저질이에요. 경찰에 잡혀가면 좋겠어요."

"아니, 아직 거기까지는 가지 않았으니까."

"범죄예요. 범죄자. 그런 사람은 제꺼덕 체포되면 좋은데."

불평하면서도 가게 안에는 어딘지 모르게 안심한 듯한 공기가 흐르고 있었다. 시라하 씨가 없어지자 그가 오기 전의 평화로운 가게로 돌아갔고, 모두 골칫거리가 사라져서 속이 후련하고 상쾌한지 묘하게 쾌활하고 말이 많아졌다.

"솔직히 짜증스러웠어요. 일손이 부족해도 그런 사람은 없는 편이 나아요."

출근하여 이야기를 들은 스가와라 씨가 웃으면서 말했다.

"그 사람은 정말 최악이었어요. 변명만 늘어놓고, 게으름 피운다고 주의를 주면 느닷없이 석기시대 이야기나 꺼내고. 머리가 이상해요."

스가와라 씨 말에 이즈미 씨가 웃음을 터뜨렸다.

"그래그래, 그거 정말 기분 나빠. 무슨 말을 하는지 이해가 안 돼. 그런 사람은 채용하지 말아주세요, 점장님."

"일손이 부족했으니까."

"그 나이에 편의점 알바에서 잘리면 끝이에요. 그대로 길바닥에 쓰러져 개죽음이나 당하면 좋겠어요!"

모두 소리 내어 웃고, 나도 "그래요!" 하고 고개를 끄덕이면서, 내가 이물질이 되었을 때는 이렇게 배제를 당하겠구나 하고 생각했다.

"또 새 사람을 찾아야 돼. 모집 광고를 내걸까?"

이렇게 가게의 세포가 또 하나 교체된다.

여느 때보다 활기찬 조회가 끝나고 계산대로 가려고 하자, 지팡이를 짚은 단골 할머니가 아래 단에 있는 상품으로 손을 뻗은 채 금방이라도 쓰러질 것처럼 허리를 구부리고 있었다.

"손님, 제가 집어드릴게요. 이거면 되나요?"

재빨리 딸기잼을 집어 들고 묻자 할머니는 "고마워요" 하며 미소를 지었다.

계산대까지 바구니를 가져가자 할머니는 지갑을 꺼내면서 오늘도 중얼거렸다.

"정말로 여기는 변함이 없어."

오늘 여기서 한 사람이 사라졌어요. 그렇게는 말하지 않고 "고맙습니다" 하고 말했다. 그리고 상품을 스캔하기 시작했다.

눈앞에 있는 손님의 모습이 18년 전 내가 처음 계산을 맡았던 나이 지긋한 여자의 모습과 겹친다. 그 할머니도 지팡이를 짚고 날마다 가게에 왔지만 언제부턴가 오지 않았다. 몸이 더 나빠졌는지 이사를 가버렸는지, 우리로서는 알 도리가 없다.

하지만 나는 확실히 그날과 똑같은 장면을 되풀이하고 있다. 그로부터 육천육백일곱 번, 우리는 똑같은 아침을 맞고 있다.

비닐봉지 안에 조심스럽게 달걀을 담는다. 어제 판 것과 같지만 다른 달걀을 담는다. 손님은 어제 넣은 것과 같은 비닐봉지에 같은 젓가락을 넣고 같은 잔돈을 받아 들고 같은 아침을 미소 짓고 있다.

바비큐 파티를 하자고 미호한테서 연락이 와서, 일요일 아침부터 미호네 집에 모이기로 했다. 오전부터 장 보는 것을 돕기로 약속했는데, 휴대폰이 울렸다. 누군가 하고 보니 집에서 온 전화였다.

"게이코, 내일이 미호네 집에 모인다고 한 날이지? 미호네 집에 들른 김에 집에도 얼굴 좀 내밀지 않을래? 아버지가 쓸쓸해하셔."

"으응, 쉽지 않을 것 같은데. 다음 날 일해야 하니까, 일찍 돌아와서 컨디션 조절도 해야 하고……."

"그래? 유감이구나. 설에도 얼굴을 내밀지 않고. 조만간 또 와라."

"알았어."

올해 설에는 일손이 부족해서 새해 첫날부터 출근했다.

편의점은 365일 영업이고, 연말연시에는 주부 알바들이 올 수 없거나 외국 유학생은 고국으로 돌아가거나 하기 때문에 언제나 일손이 부족해진다. 집에 얼굴을 내밀려고 생각은 하고 있지만, 가게 사정이 어려운 것을 보면 나도 모르게 그만 일하는 쪽을 선택해버리곤 했다.

"그래, 건강하게 잘 지내고 있니? 날마다 서서 일하니까 몸도 힘들겠지. 요즘은 어떠냐? 별일 없니?"

탐색하는 듯한 말 속 어딘가에서 어머니가 변화를 바라고 있는 듯한 느낌이 든다. 18년 동안 아무것도 변하지 않는 나에게 어머니는 조금 지쳤는지도 모른다.

특별히 달라진 건 없다고 말하자 어머니는 안심한 것 같기도 하고 실망한 것 같기도 한 목소리로 "그래……" 하고 말했다.

전화를 끊은 뒤, 문득 거울 속의 나를 바라보았다. 편의점 점원으로 태어났을 때에 비하면 늙어 있었다. 거기에 불안은 없지만, 전보다 피로를 쉽게 느끼는 것도 사실이었다.

만약 정말로 늙어서 편의점에서도 일할 수 없게 되면 나는 어떻게 될까 하고 생각할 때가 있다. 여섯 번째 점장은 허리가 아파서 일을 못 하게 되어 회사를 그만두었다. 그렇게 되지 않기 위해서라도 내 몸은 편의점을 위해 계속 건강하지 않으면 안 된다.

이튿날, 약속대로 오전부터 장보기를 돕고 미호네 집까지 가져가서 준비를 했다. 낮에는 미호의 남편과 사쓰키의 남편, 조금 떨어진 곳에 살고 있는 친구들도 와서, 그리운 얼굴들이 모두 모였다.

열네댓 명쯤 모인 가운데 결혼하지 않은 사람은 나를 빼고 두 명뿐이었다. 친구들이 모두 부부 동반으로 온 건 아니니까 아무렇지도 않게 생각했지만, 결혼하지 않은 미키는 "우리만 괜히 주눅이 드는 것 같아" 하고 나에게 귀엣말을 했다.

"모두 정말 오랜만이야. 마지막으로 만난 게 언제였지? 꽃구경 갔을 때 만나고 처음인가?"

"나도 그럴 거야! 고향에 온 것도 그때 이후 처음인걸."

"얘들아, 다들 어떻게 지내고 있니?"

오랜만에 고향에 돌아왔다는 친구도 몇 명 있었기 때문에 한 사람씩 근황을 털어놓는 쪽으로 분위기가 흘러갔다.

"나는 지금 요코하마에 살고 있어. 회사가 가까워서."

"아, 직장을 옮겼구나?"

"응! 지금은 의류회사에 다녀. 전에 다닌 직장은 인간관계가 좀……."

"나는 결혼하고 사이타마에 살아. 직장은 그대로야!"

"나는 보다시피 아이가 생겨서 회사는 육아휴직 중이야."

유카리가 말했고, 다음은 내 차례가 되었다.

"나는 편의점에서 아르바이트를 하고 있어. 몸이 좀……."

여느 때처럼 여동생이 만들어준 변명을 늘어놓으려 하자 그 전에 에리가 몸을 내밀었다.

"아, 파트타임이야? 그럼, 결혼했구나! 언제?"

에리가 당연하다는 듯이 물었기 때문에,

"으응, 안 했어" 하고 대답했다.

"그런데 아르바이트를 해?"

마미코가 당혹스러운 목소리로 묻는다.

"응, 나는 몸이……."

"그래, 게이코는 몸이 약해. 그래서 아르바이트로 일하고 있어."

미호가 나를 감싸듯이 말한다. 나 대신 변명해준 미호에게 고맙다는 생각을 하고 있을 때 유카리의 남편이,

"예? 하지만 편의점은 서서 일하잖아요? 몸이 약한데?" 하고 의아하다는 투로 물었다.

나와는 처음 만나면서, 그렇게 몸을 내밀고 미간에 주름을 잡을 만큼 내 존재가 궁금할까?

"다른 일은 해본 경험이 없기 때문에 체력적으로나 정신적으로나 편의점이 편해요."

내 설명에 유카리의 남편은 마치 요괴라도 보는 듯한 얼굴로 나를 바라보았다.

"그럼 줄곧……? 아니, 취직하기가 어려워도 결혼 정도는 하는 게 좋아요. 요즘은 인터넷 결혼이라든가 여러 가지 방법이 있잖아요?"

나는 유카리의 남편이 강하게 말을 내뱉는 바람에 침이 바비큐 고기 위로 날아가는 것을 바라보고 있었다. 음식 앞에

서 몸을 내밀고 지껄이는 것은 그만두는 게 좋지 않을까 하고 생각하고 있는데, 미호의 남편도 고개를 크게 끄덕였다.

"그래요, 누구라도 좋으니까 상대를 찾아보는 게 어때요? 그 점에서 여자는 좋아요. 남자라면 불안해요."

"누군가를 소개해주면 어때요? 기요시 씨, 얼굴 넓잖아요."

사쓰키의 말에 시호와 몇몇 친구들이 "그래요!" "누구 없나, 딱 알맞은 사람?" 하고 떠들어댔다.

미호의 남편이 미호에게 무어라고 귀엣말을 한 뒤,

"하지만 내 친구는 유부남밖에 없어서 소개하는 건 무리예요" 하면서 쓴웃음을 지었다.

"아, 혼활 사이트에 등록하는 건 어때? 그래, 지금 혼활용 사진을 찍으면 돼. 그런 건 셀카보다 오늘 같은 바비큐 파티라든가 여럿이 모여 있을 때 찍은 사진이 더 호감도가 높아서 연락이 잘 오는 모양이야."

"그래, 좋아 좋아. 어서 찍자."

미호가 말하자, 유카리의 남편이 웃음을 참으면서,

"그래요, 기회야, 기회!" 하고 말했다.

"기회…… 그것도 해보면 좋은 일이 있나요?"

천진하게 묻자, 미호의 남편이 곤혹스러운 표정을 지었다.

"서두르는 편이 좋을 겁니다. 이대로는 안 될 테고, 솔직히 초조하죠? 나이가 더 들어버리면 늦어요."

"이대로는…… 지금 이대로는 안 된다는 건가요? 그건 왜죠?"

순수하게 묻고 있을 뿐인데, 미호의 남편이 작은 목소리로 "위험해" 하고 중얼거리는 게 들렸다.

독신으로 나와 같은 입장에 있는 미키는 "나도 초조하지만, 해외 출장이라든가 여러 가지 일이 많아서……" 하고 경쾌하게 자신의 형편을 설명했다. 그러자 유카리의 남편이 "뭐, 미키 씨는 대단한 일을 하고 있으니까. 벌이도 남자보다 많고. 미키 씨 정도면 맞선 상대도 좀처럼 찾기 어려워요" 하고 거들어주었다.

"아, 고기가 다 구워졌다, 고기야!"

분위기를 수습하듯 미호가 외쳤고, 다들 안심한 듯 고기를 접시에 담기 시작했다. 유카리 남편의 침이 튄 고기를 모두 물어뜯는다.

정신을 차리고 보니, 모두 초등학교 시절의 그때처럼 조금 물러나서 나에게 등을 돌리고, 그래도 어딘가 호기심이 섞인 눈길만은 기분 나쁜 생물을 보듯 내 쪽으로 향하고 있었다.

아, 나는 이물질이 되었구나. 나는 멍하니 생각했다.

가게에서 쫓겨난 시라하 씨의 모습이 떠오른다. 다음은 내 차례일까?

정상 세계는 대단히 강제적이라서 이물질은 조용히 삭제된다. 정통을 따르지 않는 인간은 처리된다.

그런가? 그래서 고치지 않으면 안 된다. 고치지 않으면 정상인 사람들에게 삭제된다.

가족이 왜 그렇게 나를 고쳐주려고 하는지, 겨우 알 것 같은 기분이 들었다.

왠지 편의점 소리가 듣고 싶어져서, 저녁때 미호네 집에서 돌아오면서 가게에 얼굴을 비쳤다.

"아니, 웬일이세요, 후루쿠라 씨?"

저녁에 근무하는 여고생이 청소를 하다가 내 모습을 보고는 웃는 얼굴로 말을 건다.

"후루쿠라 씨, 오늘 쉬는 날 아니었나요?"

"응, 그래. 집에 얼굴 내밀고 오는 길인데, 잠깐 발주만 할까 하고……."

"대단하세요. 열심이군요."

뒷방에는 좀 일찍 출근한 점장이 있었다.

"점장님, 지금부터 야근이세요?"

"아니, 후루쿠라 씨? 웬일이야?"

"볼일이 끝나고 돌아가는 길에 마침 근처를 지나가게 돼서, 발주 숫자만 입력할까 하고……."

"아, 과자 발주? 내가 아까 숫자를 입력해버렸지만 고쳐도 돼!"

"고맙습니다."

점장은 수면 부족인지 안색이 좋지 않았다.

나는 가게 컴퓨터를 다루어 발주를 하기 시작했다.

"야간조는 어때요? 사람이 모일 것 같나요?"

"아니, 잘 안 돼. 한 사람이 면접을 보러 왔지만 떨어뜨려 버렸어. 시라하 건도 있고, 다음에는 쓸 만한 사람을 채용해야지."

점장은 '쓸 만하다'는 말을 자주 쓰기 때문에, 내가 쓸 만한지 아닌지를 생각하게 된다. 쓸 만한 도구가 되고 싶어서 일하고 있는지도 모른다.

"어떤 사람이었는데요?"

"사람은 괜찮지만, 나이가……. 정년퇴직한 사람이었는데, 허리가 안 좋아서 전에 일하던 가게를 막 그만둔 참이라는 거야. 그래서 우리 가게에서도 허리가 아플 때는 가능하면 쉬고 싶대. 언제 쉴지 미리 알고 있다면 또 모르지만, 근무 시간이 코앞에 닥쳐서 쉬게 할 바에는 차라리 내가 야간조에 들어가는 편이 나을 것 같아서……."

"그래요?"

육체노동자는 몸이 망가지면 '쓸모없는' 존재가 되어버린다. 아무리 성실해도, 분발하여 열심히 노력해도, 몸이 나이를 먹으면 나도 이 편의점에서 쓸모없는 부품이 될지도 모른다.

"아, 후루쿠라 씨, 이번 일요일에 오후만 나와줄 수 있어? 스가와라 씨가 라이브 공연 때문에 나올 수가 없어서 말이야."

"네, 나올 수 있어요."

"정말? 이야, 살았다."

나는 아직은 '쓸 만한' 도구다. 안도와 불안, 양쪽을 내장에 품고 "아니, 돈을 벌고 싶으니까 오히려 기뻐요!" 하고 스가와라 씨의 말투로 재잘거리면서 미소를 지었다.

가게 밖에 있는 시라하 씨 모습을 본 것은 우연이었다.

밤에 아무도 없는 빌딩가 구석에 뭉실뭉실한 그림자가 있어서, 나는 어릴 적에 했던 '그림자 보내기 놀이'(맑은 날 자기 그림자를 10초쯤 바라보다가 하늘을 쳐다보면 하늘에 자신의 형태가 하얀 그림자로 비쳐 보이는 현상을 이용한 놀이)를 생각해내고 눈을 비볐다. 가까이 가서 보니 시라하 씨가 빌딩 그늘에서 허리를 숙이고 몸을 숨긴 채로 얼쩡대고 있었다.

시라하 씨는 집이 어딘지 알아내려고 했던 여자 손님이 나오기를 기다리는 것 같았다. 그 여자는 언제나 퇴근길에 가게에 들러 말린 과일을 사 가기 때문에 그 시간까지 뒷방에서 어정거린다고, 점장이 전에 한 말이 문득 생각났다.

"시라하 씨, 이번엔 정말로 경찰을 부르겠어요."

나는 시라하 씨한테 들키지 않도록 뒤로 돌아가 그에게 말을 걸었다. 시라하 씨는 내가 깜짝 놀랄 만큼 몸을 부들부들 떨면서 뒤를 돌아보고는, 나라는 것을 알자 얼굴을 찌푸렸다.

"뭐야…… 후루쿠라 씨잖아?"

"잠복인가요? 손님에게 폐를 끼치는 행위는 점원의 금기 가운데 가장 중요한 금기예요."

"나는 이제 편의점 점원이 아니에요."

"내가 점원으로서 눈감아줄 수 없어요. 점장한테도 엄중한 주의를 받았죠? 지금 가게에 있으니까, 가서 불러올까요?"

시라하 씨가 나한테는 강경한 자세를 취할 수 있다는 듯 등을 쭉 펴고 나를 내려다보았다.

"사축(社畜. 회사가 시키면 어떤 힘든 일이라도 불평불만 없이 하는 직장인을 비꼬는 말) 같은 밑바닥 인생이 뭘 할 수 있겠어요. 내가 한 일이 나쁜 짓이라고는 생각 안 해요. 첫눈에 반할 정도로 마음에 드는 여자가 있으면 자기 것으로 만든다. 이건 옛날부터 전해오는 남녀의 전통 아닌가요?"

"시라하 씨, 전에 강한 남자가 여자를 손에 넣는다고 말했지요. 모순돼요."

"나는 확실히 지금은 일하고 있지 않지만, 비전이 있어요. 내가 창업만 하면 당장에 여자들이 나한테 떼거리로 몰려올 겁니다."

"그럼 시라하 씨가 먼저 그런 사람이 되어서, 실제로 몰려든 여자들 중에서 고르는 게 순서가 아닐까요?"

시라하 씨는 멋쩍은 듯 고개를 숙이고는, "어쨌든 모두 알아차리지 못하고 있을 뿐, 지금은 석기시대와 다르지 않아요. 인간은 어차피 동물이라고요" 하고 논점에서 벗어난 말을 했다.

"내가 보기에 이 세상은 기능 부전이에요. 세상이 불완전한 탓에 난 부당한 취급을 받고 있다고요."

나는 그럴지도 모른다고 생각했고, 완전히 기능을 발휘하고 있는 세상이라는 게 어떤 것인지 상상할 수 없다고 생각하기도 했다. '세상'이라는 게 무엇인지 나는 점점 알 수 없어져가고 있었다. 가공의 것이라는 생각마저 들었다.

시라하 씨는 잠자코 있는 나를 보다가 갑자기 얼굴을 손으로 덮었다. 재채기라도 하려나 싶어 기다리고 있는데, 손가락 사이로 물방울이 흘러내려서 아무래도 울기 시작한 모양이구나 생각했다. 이런 광경을 손님이 보면 큰일이다 싶어서,

"우선 어디에 좀 들어갈까요?" 하면서 시라하 씨의 팔을 잡고 가까운 패밀리 레스토랑으로 향했다.

"이 세상은 이물질을 인정하지 않아요. 나는 줄곧 그것 때문에 괴로워해왔어요."

음료 코너에서 티백을 우린 재스민 차를 마시면서 시라하 씨가 말했다.

재스민 차는 움쩍도 않는 시라하 씨를 대신하여 내가 탔다. 시라하 씨가 말없이 앉아 있어서 내가 찻잔을 가져다 앞에 놓아주자, 그는 고맙다는 인사도 없이 마시기 시작했다.

"모두가 보조를 맞춰야만 하는 거죠. 30대 중반인데 왜 아직도 아르바이트를 하는가. 왜 한 번도 연애를 해본 적이 없는가. 섹스 경험이 있는지 없는지까지 태연히 물어봅니다. '창녀와 관계한 건 포함시키지 말고……' 하는 말까지 웃으면서 태연히 하죠, 그놈들은. 나는 누구한테도 폐를 끼치고 있지 않은데, 단지 소수파라는 이유만으로 다들 내 인생을 간단히 강간해버려요."

나는 어떤 심정이었나 하면, 시라하 씨를 성범죄자가 되기 직전의 인간으로 생각하고 있었다. 그래서 자기 때문에 곤란을 겪은 여자 알바생이나 여자 손님은 생각지도 않고 자신의 고통에 대한 비유로 강간이라는 말을 스스럼없이 사용하는 시라하 씨를 보면서, 피해자 의식은 강한데 자신이 가해자일지 모른다고는 생각지 않는 사고 회로를 갖고 있구나 하고 생각했다.

나는 자신을 불쌍히 여기는 게 시라하 씨의 취미가 아닐까 생각하면서, "네, 그거 큰일이군요" 하고 적당히 맞장구를 쳤다. 나도 그와 비슷한 귀찮음을 느끼고는 있지만, 나한테 특별히 지키고 싶은 게 없었기 때문에, 왜 시라하 씨가 애먼 주위 사람들한테 그렇게 마구 화풀이를 하는지 알 수가 없었다. 아마 사는 게 괴로울 거라고 짐작하면서, 나는 아무것도 넣지 않은 뜨거운 물을 마시고 있었다.

맛이 나는 액체를 마셔야 할 필요성을 별로 느끼지 못해 보통 나는 티백을 넣지 않고 끓인 물을 마신다. 시라하 씨는 "그래서 결혼하여 그놈들한테 불평을 듣지 않는 인생을 살고 싶어요" 하고 말했다.

"돈이 있는 상대가 좋아요. 나한테는 인터넷과 관련된 사업 아이디어가 있어요. 남이 모방하면 곤란하니까 자세히 설명할 수는 없지만요. 거기에 투자해줄 상대가 최고죠. 내 아이디어는 틀림없이 성공할 거고, 그러면 아무도 나한테 시비를 걸 수 없어요."

"자기 인생에 간섭하는 사람들을 싫어하면서, 그 사람들한테 불평을 안 들으려고 일부러 그런 삶을 택해요?"

그것은 결국 세상을 전면적으로 받아들이는 게 아닐까 하고 의아하게 생각했지만,

"난 이제 지쳤어요" 하고 시라하 씨가 말했기 때문에 나는 고개를 끄덕였다.

"지치는 것은 비합리적이에요. 결혼하는 것만으로 불평을 듣지 않는다면, 그게 더 빠르고 합리적이죠."

"간단히 말하지 마요. 여자와 달리 남자는 그것만으로 불평을 듣는다고요. 사회에 나가지 않으면 취직해라, 취직하면 돈을 더 많이 벌어라, 돈을 벌면 장가를 가서 자식을 낳아라. 줄곧 세상 사람들한테 재판을 받습니다. 속 편한 여자와

똑같이 취급하지 말라고요."

시라하 씨가 기분 나쁜 듯이 말했고,

"그러면 전혀 해결되지 않잖아요. 의미가 없잖아요" 하고 내가 말했지만, 시라하 씨는 그 말에 대꾸도 않고 열심히 계속 지껄였다.

"나는 언제부터 이렇게 세상이 잘못되었는지 조사하고 싶어서 역사책을 읽었습니다. 메이지, 에도, 헤이안…… 아무리 거슬러 올라가도 세상은 계속 잘못된 채였어요. 석기시대까지 거슬러 올라가도!"

시라하 씨가 탁자를 흔드는 바람에 재스민 차가 찻잔에서 넘쳐흘렀다.

"그래서 깨달았어요. 이 세상은 석기시대와 다를 게 없다는 걸. 무리에 도움이 되지 않는 인간은 삭제되어갑니다. 사냥을 하지 않는 남자, 아이를 낳지 않는 여자. 현대사회니 개인주의니 하면서 무리에 소속되려 하지 않는 인간은 간섭받고 강요당하고, 최종적으로는 무리에서 추방당해요."

"시라하 씨는 석기시대 이야기를 좋아하는군요."

"좋아하는 게 아니라 아주 싫어합니다! 하지만 이 세상은 현대사회의 거죽을 쓴 석기시대예요. 커다란 사냥감을 잡아 오는 힘센 남자에게 여자들이 몰려들고, 마을에서 제일가는 미녀가 시집을 갑니다. 사냥에 참가하지 않거나 참가해도 힘이 약해서 도움이 안 되는 남자는 업신여김을 받죠. 구도는 전혀 달라지지 않았어요."

"네에."

얼빠진 맞장구밖에 칠 수가 없었다. 하지만 시라하 씨의 말을 완전히 부정할 수 있는 것도 아니었다. 편의점과 마찬가지로 우리는 교체되고 있을 뿐, 줄곧 같은 광경이 계속되고 있는지도 모른다.

'변함이 없다'는 단골 할머니의 말이 머릿속에서 울려 퍼졌다.

"후루쿠라 씨는 왜 그렇게 태연해요? 자신이 부끄럽지 않아요?"

"예? 왜냐고요?"

"알바만 하다가 할망구가 되어 이제 시집갈 데도 없잖아요. 당신 같은 여자는 처녀라도 중고예요. 너저분한. 석기시대라면 자식도 낳을 수 없는 나이 든 여자가 결혼도 하지 않고 무리 속을 어정거리고 있는 거나 마찬가지라고요. 무리의 짐일 뿐이죠. 나는 남자니까 아직 만회할 수 있지만, 후루쿠라 씨는 이제 어떻게 할 수도 없잖아요."

방금까지 트집을 잡고 시비를 거는 상대에게 화를 내고 있었는데, 자기를 괴롭히고 있는 것과 같은 가치관의 논리로 나에게 불평을 늘어놓는 시라하 씨가 한심하다는 생각이 들었다. 하지만 제 인생이 강간당하고 있다고 생각하는 사람은 남의 인생을 똑같이 공격하면 마음이 다소 개운해지는지도 모른다.

시라하 씨는 자기가 마시고 있는 차가 재스민 차라는 것을 깨달았는지,

"나는 커피를 마시고 싶은데요" 하고 불만스러운 듯이 말했다.

나는 일어나서 음료 코너에서 커피를 타 시라하 씨 앞에 커피 잔을 놓아주었다.

"맛이 별로네요. 역시 이런 데서 파는 커피는 못써요."

"시라하 씨, 결혼만이 목적이라면 나랑 혼인신고를 하는 게 어때요?"

내 자리에 두 잔째 뜨거운 물을 놓고 의자에 앉으면서 말을 꺼내자, 시라하 씨가 "예?" 하고 소리를 질렀다.

"그렇게 간섭받는 게 싫고, 무리에서 겉돌기 싫다면 제꺼덕 결혼하면 되잖아요? 사냥…… 그러니까 취직에 관해서는 모르지만, 결혼하면 우선 연애 경험이나 섹스 경험에 대해 간섭당할 위험은 없어지지 않을까요?"

"느닷없이 무슨 말을 하는 겁니까. 어이가 없군요. 미안하지만 후루쿠라 씨한테는 발기가 안 돼요."

"발기요? 그게 결혼과 무슨 관계가 있죠? 결혼은 서류상의 문제고, 발기는 생리 현상인데요."

시라하 씨가 입을 다물었기 때문에 나는 자상하게 설명했다.

"시라하 씨 말대로 세상은 석기시대인지도 몰라요. 무리에 필요 없는 인간은 박해받고 경원당하죠. 그러니까 편의점과 같은 구조예요. 편의점에 필요 없는 인간은 교대 근무가 줄어들고, 그러다가 결국은 해고를 당하죠."

"편의점……?"

"편의점에 계속 있으려면 '점원'이 될 수밖에 없어요. 그건 간단한 일이에요. 제복을 입고 매뉴얼대로 행동하면 돼요. 세상이 석기시대라 해도 마찬가지예요. 보통 사람이라는 거죽을 쓰고 그 매뉴얼대로 행동하면 무리에서 쫓겨나지도 않고, 방해자로 취급당하지도 않아요."

"무슨 소리를 하는지 모르겠군요."

"그러니까 모든 사람 속에 있는 '보통 인간'이라는 가공의 생물을 연기하는 거예요. 저 편의점에서 모두 '점원'이라는 가공의 생물을 연기하고 있는 것과 마찬가지죠."

"그게 괴로우니까 이렇게 고민하고 있는 겁니다."

"하지만 시라하 씨, 얼마 전까지는 영합하려고 했잖아요? 막상 하려니까 역시 어려운가요? 그래요, 정면으로 세상과 맞서 싸워서 자유를 획득하기 위해 일생을 바치는 쪽이 아마 고통에 대해 성실한 걸 거라고 생각해요."

시라하 씨는 할 말이 없다는 태도로 커피만 노려보고 있었다.

"그러니까, 어렵다면 무리해서 할 필요는 없어요. 시라하 씨와 달리 나는 아무래도 좋은 일이 많아요. 특별히 나 자신의 의사가 없기 때문에, 무리의 방침이 있다면 거기에 따르는 게 아무렇지도 않을 뿐이에요."

모두가 이상하게 여기는 부분을 내 인생에서 소거해간다. 고친다는 건 그것을 말하는지도 모른다.

지난 2주 동안 열네 번이나 "왜 결혼하지 않아?"라는 질문을 받았다. "왜 아르바이트를 해?"라는 질문은 열두 번 받았다. 우선 들은 횟수가 많은 것부터 소거해보자고 생각했다.

나는 어딘가에서 변화를 바라고 있었다. 그것이 좋은 변화든 나쁜 변화든, 교착상태에 빠진 지금보다는 낫지 않을까 생각했다. 시라하 씨는 대답하지 않은 채, 눈앞에 놓인 커피의 검은 수면을 구멍이라도 뚫고 있는 것처럼 심각한 태도로 들여다보고 있을 뿐이었다.

결국, "그럼……" 하면서 막상 돌아가려고 하자, 시라하 씨가 "아니, 좀 더 생각해보아도……" 하고 애매한 말을 하며 이런저런 말로 붙잡고 말려서, 또 시간이 지나갔다.

시라하 씨가 띄엄띄엄 말하기를, 그는 월세 부담을 줄이기 위해 다른 사람과 방을 함께 쓰고 있는데, 방세를 체불해서 쫓겨나기 직전이라고 한다. 전에는 이럴 때 홋카이도의 본가에 돌아가서 고비를 넘기곤 했지만, 5년 전에 남동생이 결혼한 뒤 집을 2세대 주택으로 개조하여 부모님과 동생네 식구가 함께 살고 있기 때문에, 이제는 돌아가도 있을 곳이 없다고 한다. 게다가 제수가 시라하 씨를 까닭 없이 싫어하여, 지금까지는 응석을 부려서 돈을 빌릴 수 있었는데 이제는 돈도 자유롭게 빌릴 수 없게 되었다고 한다.

"제수가 중뿔나게 참견을 하게 된 뒤로 이상해졌어요. 그 여자는 동생한테 붙어살고 있는 주제에 제 세상인 양 거리낌 없이 집 안을 돌아다니고 있으니. 제기랄!"

신세타령이 섞인 시라하 씨의 이야기는 장황하게 계속되었고, 나는 중간부터 거의 듣지 않고 시계만 보고 있었다.

벌써 밤 열한 시가 되어가고 있다. 나는 내일도 아르바이트다. 컨디션을 관리하여 가게에 출근할 때 건강한 몸으로 가는 것도 시급에 포함된다고 두 번째 점장한테 배웠는데, 이렇게 되면 수면 부족이 되어버린다.

"시라하 씨, 그럼 우리 집에 가지 않을래요? 식비만 내면 재워줄게요."

시라하 씨는 갈 곳이 없는 듯, 이대로 내버려두면 아침까지 음료 코너에 눌어붙어 있을 것 같은 기세였다. 나는 이제 귀찮아져서, "아……" "아니, 하지만……" 하고 말하는 시라하 씨를 억지로 집에 데려갔다.

방에 들어가서 가까이 다가갔을 때 알아차렸지만 시라하 씨한테서는 부랑자 같은 냄새가 났다. 우선 목욕을 하라고 말하고, 목욕수건을 억지로 떠안기고 욕실 문을 닫았다. 안에서 샤워 소리가 들리기 시작한 뒤에야 나는 휴우 하고 안도의 한숨을 내쉬었다.

시라하 씨의 샤워는 오랫동안 계속되었고, 기다리는 동안 잠들어버릴 것 같았다. 나는 문득 생각이 나서 여동생한테 전화를 걸었다.

"여보세요?"

동생 목소리다. 날짜가 바뀌기 직전이지만 아직 바뀌지는 않았기 때문에 동생은 깨어 있었던 모양이다.

"밤늦게 미안해. 유타로는 어때?"

"응, 괜찮아. 유타로는 잘 자고 있고, 그래서 나도 느긋하게 있던 참이야. 무슨 일이야?"

여동생과 같은 집에서 자고 있을 조카의 모습이 머리에 떠올랐다. 여동생의 인생은 앞으로 나아가고 있다. 어쨌든 얼마 전까지는 없었던 생물이 거기에 있다. 여동생도 어머니처럼 내 인생에 변화가 있기를 바라고 있을까? 나는 실험하는 듯한 기분으로 여동생에게 털어놓았다.

"한밤중에 전화해서 말할 만한 일은 아니지만……. 저어, 실은 지금 집에 남자가 와 있어."

"뭐?"

여동생의 목소리가 뒤집히고 딸꾹질 같은 소리가 들려와 괜찮으냐고 물으려는 순간, 거의 절규하는 듯이 당황하여 허둥대는 여동생의 목소리가 내 말을 가로막았다.

"뭐? 정말이야? 거짓말이지? 언제부터? 어느새? 어떤 사람이야?"

여동생의 기세에 압도당하면서 나는 대답했다.

"최근인데, 알바하는 곳에서 만난 사람이야."

"언니, 축하해!"

자세한 사정도 듣지 않고 갑자기 축하부터 하는 여동생에게 나는 조금 당혹감을 느꼈다.

"경사스러운 일이니?"

"어떤 사람인지는 모르지만, 언니가 지금까지 그런 이야기를 한 적이 없었으니까……. 기뻐! 응원할게!"

"그래……?"

"혹시 나한테 알린 건 벌써 결혼이라도 생각하고 있다는 뜻이야……!? 아, 미안해. 내가 너무 성급했나!?"

여동생은 지금까지 본 적이 없을 만큼 수다스러워졌다.

그 흥분한 태도를 보니, 현대사회의 거죽을 쓰고 있지만 지금은 석기시대라는 것도 반드시 빗나간 생각은 아닌 듯한 기분이 들었다.

그런가? 매뉴얼은 벌써 오래전에 있었다. 모든 사람의 머릿속에 달라붙어 있으니까 일부러 문서화할 필요가 없다고 여기고 있을 뿐, '보통 사람'의 정형은 석기시대부터 변하지 않고 계속 존재해왔다고 나는 새삼스럽게 생각했다.

"언니, 정말 잘됐어. 여러 가지 일로 줄곧 고생해왔지만, 다 이해해줄 사람을 찾아서……."

여동생은 뭔가 멋대로 사연을 만들어내어 감동하고 있었다. 내가 '고쳐졌다'고 말하는 듯한 그 태도를 보고, 이런 간단한 거라도 좋다면 제꺼덕 지시를 내려주었던들 먼 길을 돌아가지 않아도 되었을 텐데 하고 생각했다.

전화를 끊자, 욕실에서 나온 시라하 씨가 무료한 듯이 서

있었다.

"아, 갈아입을 옷이 없군요. 이건 가게가 오픈했을 무렵의 제복인데, 지금 제복으로 디자인이 바뀌었을 때 받은 거예요. 남녀 공용이니까 들어가지 않을까요?"

시라하 씨는 조금 망설였지만 녹색 제복을 받아 들고 맨살에 걸쳤다. 팔다리가 길어서 조금 갑갑해 보였지만 어떻게든 지퍼를 닫은 모양이다. 밑에는 수건만 두르고 있었기 때문에 실내복으로 입는 반바지를 건네주었다.

며칠 동안이나 목욕을 하지 않았는지 몰라도 벗어 던진 속옷과 양복에서 고약한 냄새가 났다. 그것들을 우선 세탁기에 집어넣고, "적당히 앉아도 돼요" 하고 말을 걸자 시라하 씨는 조심조심 방에 앉았다.

작은 다다미방이고 낡은 구조라서 욕실과 화장실이 따로 있다. 환기가 별로 잘 되지 않아서 시라하 씨가 들어갔다 나온 욕실 문틈으로 습기와 수증기가 새어나와 방에 자욱하게 끼어 있었다.

"방이 좀 덥네요. 창문을 열까요?"

"아, 아니……."

시라하 씨는 왠지 안절부절못하며 일어나려 하다가 다시 주저앉곤 했다.

"화장실은 저쪽이에요. 물이 잘 안 내려가지만 큰 쪽으로 레버를 최대한 돌리면 돼요."

"저어, 화장실은 괜찮습니다."

"우선 갈 데가 없잖아요. 지금 살고 있는 셋방도 이제 곧 쫓겨날 판이라면서요?"

"네……."

"생각해봤는데요, 시라하 씨가 집에 있으면 편리할지도 몰라요. 지금 시험 삼아 여동생한테 전화해봤는데 멋대로 이야기를 만들어서 아주 기뻐해주네요. 남녀가 같은 방에 있으면, 사실이야 어떻든, 멋대로 상상을 펼치고 납득해주는 법이구나 생각했어요."

"여동생한테……?"

시라하 씨는 곤혹스러운 태도로 말했다.

"아, 캔커피 마실래요? 사이다도 있어요. 우묵캔을 싸게 사 왔을 뿐이고, 시원하지는 않지만."

"우묵……?"

"아, 설명한 적이 없었나요? 캔이 찌그러져서 팔 수 없는 상품을 그렇게 불러요. 그것 말고는 우유와 보온병에 든 뜨거운 물밖에 없어요."

"그럼 캔커피를 먹겠습니다."

집에는 접이식 작은 탁자가 있을 뿐이다. 방이 좁아서 온종일 깔아 두는 이불은 둥글게 뭉쳐 냉장고 앞으로 밀어놓았다. 여동생이나 어머니가 이따금 와서 잘 때가 있기 때문에 벽장 속에는 이부자리가 또 한 채 있다.

"이부자리도 있으니까, 갈 곳이 없으면 시라하 씨를 일단 재워줄 수는 있어요. 방이 좁긴 하지만……."

"재워준다……."

왠지 불안해지기 시작한 시라하 씨는 "아니, 하지만 나는 결벽증이 심해서…… 제대로 준비하지 않으면 좀……" 하고 작은 목소리로 말했다.

"결벽증이라면 이부자리가 불편할지도 몰라요. 한동안 쓰지 않았고 햇볕에 말리지도 않았으니까. 이 방은 낡아서 바퀴벌레도 꽤 많이 나와요."

"아니, 그건 저어…… 내가 살던 방도 별로 깨끗하지는 않았으니까 그건 아무래도 좋지만, 기정사실 같은 걸 만들어 버리면 남자로서는 경계하지 않으면 안 되고……. 느닷없이 여동생한테 전화를 걸다니, 후루쿠라 씨, 너무 필사적인 거 아닙니까?"

"내가 뭐 잘못했나요? 잠깐 반응을 보고 싶어서 전화했을 뿐이에요."

"아니, 그런 건 상당히 무서워요. 인터넷에서 그런 이야기를 자주 읽는데, 정말로 그런 일이 있어요. 그렇게 필사적으로 유혹해도 뒤로 물러난달까……."

"갈 곳이 없어서 곤란하다면 재워주자고 생각한 건데 폐가 되었다면, 세탁기도 아직 돌리지 않았으니까 양복을 돌려줄 테니 그걸 입고 돌아가도 괜찮아요."

시라하 씨는 "아니, 그렇다 해도……"라든가 "하지만 그렇게까지 말씀한다면……" 하고 잘 알 수 없는 말을 우물거리고 있을 뿐, 이야기가 조금도 진전되지 않았다.

"저기, 미안하지만 이제 밤이니까 자도 되나요? 돌아가고 싶을 때는 마음대로 돌아가도 좋아요. 자고 싶을 때는 이부자리를 꺼내 깔고 적당히 누워서 자요. 내일도 아침부터 편의점에 가야 해요. 시급 중에는 건강한 상태로 가게에 나갈 수 있게 자기 관리하는 비용도 포함되어 있다고, 16년 전에 두 번째 점장이 가르쳐줬어요. 수면 부족 상태로 가게에 갈 수는 없어요."

"아, 편의점…… 네에……."

시라하 씨는 얼빠진 목소리를 냈지만, 계속 그를 상대하고 있다간 아침이 되어버릴 것 같아서 내 이부자리를 꺼내서 폈다.

"피곤해서 목욕은 내일 아침에 할 거예요. 그러니까 이른 아침에 좀 시끄러울지도 모르지만, 잘 자요."

이를 닦고 자명종을 맞추고, 나는 이부자리 속에 들어가 눈을 감았다. 이따금 시라하 씨가 내는 소리가 들려왔지만, 머릿속에 있는 편의점의 소리가 점점 강해지면서 나는 어느

새 잠 속으로 빨려 들어갔다.

이튿날 눈을 뜨자 시라하 씨는 벽장에 하반신을 밀어 넣은 상태로 잠들어 있고, 내가 욕실에 들어가도 눈을 뜨지 않았다.

'나갈 거면 열쇠는 우편함에 넣어둬요.'

이런 쪽지를 남기고, 나는 여느 때처럼 여덟 시에 가게에 도착하도록 시간을 맞춰 출근했다.

내 집에 있는 것은 본의가 아니라는 말투였기 때문에 이제 집에 없을 줄 알았는데, 돌아가보니 시라하 씨는 아직 방에 있었다.

뭘 하지도 않고, 접이식 탁자에 팔꿈치를 괴고 백포도 사이다가 들어 있는 우묵캔을 마시고 있다.

"아직 있었네요."

말을 걸자 그는 움찔했다.

"네에……."

"오늘 하루, 여동생한테서 온 메일이 굉장했어요. 여동생이 나에 관한 일로 이렇게 신이 나서 까불고 떠드는 건 처음 봤어요."

"그야 그렇겠죠. 처녀인 채로 중고가 된 여자가 지긋한 나이에 편의점 알바를 하고 있는 것보다는 남자와 동거라도 해주는 편이 훨씬 정상적이라고, 여동생도 그렇게 생각하는 겁니다."

어찌해야 좋을지 몰라서 당황하던 어제의 태도는 온데간데없고 여느 때의 시라하 씨로 돌아와 있었다.

"역시 정상은 아닌가요?"

"이것 봐요. 무리에 도움이 되지 않는 인간에게 프라이버시 따위는 없습니다. 모두 얼마든지 흙발로 밀고 들어와요. 결혼해서 아이를 낳거나 사냥하러 가서 돈을 벌어 오거나, 둘 중 하나의 형태로 무리에 기여하지 않는 인간은 이단자예요. 그래서 무리에 속한 놈들은 얼마든지 간섭하죠."

"네에."

"후루쿠라 씨도 좀 더 자각하는 편이 좋아요. 분명히 말하면 당신도 밑바닥 중의 밑바닥이고, 이제 자궁도 노화되었을 테고, 성욕 처리에 쓸 만한 외모도 아니고, 그렇다고 해서 남자 못지않게 돈을 벌고 있는 것도 아니고, 그러기는커녕 정식 사원도 아닌 알바생. 분명히 말해서 무리가 보기에는 짐일 뿐이에요. 인간쓰레기죠."

"그렇군요. 하지만 나는 편의점이 아닌 다른 곳에서는 일할 수 없어요. 일단 해보려고 한 적은 있지만, 편의점 점원이라는 가면밖에 쓸 수 없었어요. 그러니까 거기에 대해 불평을 하면 곤란해요."

"그래서 현대는 기능 부전 세상인 겁니다. 사는 방식의 다양성이니 뭐니 하고 겉만 번지르르한 말을 지껄이고 있지만, 결국 석기시대와 달라진 건 아무것도 없다고요. 자녀를 적게 낳는 추세가 진행되어 점점 더 석기시대로 회귀하고 있어요. 살기가 괴로운 정도가 아니라, 무리에 도움이 되지 않으면 살아 있는 것을 규탄받는 세상이 되어가고 있다고요."

시라하 씨는 실컷 나한테 독설을 퍼붓다가 이번에는 세상에 대해 분노를 드러내고 있었다. 어느 쪽에 화를 내고 있는지 잘 알 수가 없었다. 닥치는 대로, 눈에 들어오는 건 뭐든 말로 두들겨 패고 있을 뿐인 듯했다.

"후루쿠라 씨, 당신의 제안은 당치 않다고 생각했지만, 나쁘지 않습니다. 협력해도 좋아요. 내가 집에 있으면 가난뱅이가 동거하고 있구나 하는 정도로 업신여김은 당할지 몰라도, 모두 납득해줄 겁니다. 지금의 당신은 의미 불명이에요. 결혼도 취직도 하지 않고, 사회에 아무런 가치도 없어요. 그런 인간은 무리에서 배제됩니다."

"네에……."

"나는 혼활을 하고 있고, 당신은 내 이상형과 거리가 멀어요. 나는 알바라서 큰돈은 없으니까 창업은 할 수 없고, 그렇다고 해서 당신 같은 사람한테 성욕을 처리할 수 있는 것도 아니고……."

시라하 씨는 마치 술이라도 마시듯 우묵캔에 든 사이다를 단숨에 들이켰다.

"하지만 나와 후루쿠라 씨는 이해관계가 일치합니다. 이대로 여기 있어도 좋아요."

"네에."

나는 우묵캔이 들어 있는 종이봉지 속에서 초콜릿멜론 사이다를 꺼내 시라하 씨에게 건네주었다.

"저, 그런데 시라하 씨 쪽에는 어떤 이익이 있죠?"

시라하 씨는 잠시 침묵을 지킨 뒤, 작은 소리로 말했다.

"나를 숨겨줘요."

"네?"

"나를 세상으로부터 숨겨달라고요. 내 존재를 이용하여, 입으로는 얼마든지 퍼뜨리고 선전해도 괜찮아요. 하지만 나 자신은 계속 여기에 숨어 있고 싶습니다. 생판 남한테 간섭받는 건 이제 진저리가 나요."

시라하 씨는 고개를 숙이고 초콜릿멜론 사이다를 홀짝거렸다.

"밖에 나가면 내 인생은 또 강간당합니다. 남자라면 일을 해라, 결혼해라, 결혼을 했다면 돈을 벌어라, 애를 낳아라. 무리의 노예예요. 평생 일하라고 세상은 명령하죠. 내 불알

조차 무리의 소유예요. 섹스 경험이 없다는 이유만으로 정자를 낭비하고 있는 것처럼 취급당한다니까요."

"그건 괴로운 일이죠."

"당신 자궁도 무리의 소유예요. 쓸모가 없으니까 거들떠보지 않을 뿐이죠. 나는 평생 아무 일도 하고 싶지 않습니다. 죽을 때까지 평생 누구한테도 간섭받지 않고, 그냥 숨을 쉬고 싶어요. 그것만 바라고 있습니다."

시라하 씨는 기도하듯 두 손을 모았다.

나는 시라하 씨의 존재가 나한테 유익한지 어떤지를 생각하고 있었다. 어머니도 여동생도 그리고 나도 고쳐지지 않는 나에게 지치기 시작하고 있었다. 변화가 찾아온다면, 좋든 나쁘든 지금보다는 나을 것 같았다.

"내게는 시라하 씨만 한 괴로움은 없는지 모르지만, 지금 이대로라면 편의점에서 일하기가 괴로운 것도 사실이에요. 새 점장은 언제나 왜 알바밖에 하지 않았느냐고 묻고, 뭐라고 변명하지 않으면 이상하게 생각해요. 마침 좋은 변명을 찾고 있던 참이긴 했어요. 시라하 씨가 좋은 변명거리인지

어떤지는 모르지만."

"나만 여기에 있으면 세상 사람들은 납득합니다. 당신한테는 메리트밖에 없는 거래예요."

시라하 씨는 자신이 있는 것 같았다. 내가 먼저 제안했지만, 상대가 그렇게까지 강하게 나오니 어쩐지 수상쩍었다. 하지만 전에 없이 유난스러운 여동생의 리액션이나 연애를 해본 적이 없다고 말했을 때 미호나 다른 친구들이 지었던 표정을 머리에 떠올리자, 정말이지 시험 삼아 해보는 것도 그렇게 나쁘지는 않을 거라고 여겨졌다.

"거래라 해도 보수는 필요 없어요. 당신은 나를 여기 놔두고 식사만 차려주면 돼요."

"네에…… 뭐, 시라하 씨한테 수입이 없는 한 청구해봤자 별수 없죠. 나도 가난하니까 용돈을 주는 건 무리지만, 먹이를 줄 테니까 그걸 먹어주면……."

"먹이……?"

"아, 미안해요. 집에 동물이 있는 건 처음이라서, 애완동물 같은 기분이 드네요."

시라하 씨는 내 말에 불쾌한 듯했지만 “뭐, 그걸로 좋겠지요” 하고 만족스러운 듯이 말했다.

“그런데, 나 아침부터 아무것도 먹지 않았는데요.”

“아, 네, 냉동실에 밥이 있고 냉장실에 삶은 식재료가 있으니까, 알아서 적당히 먹으면 돼요.”

나는 접시를 꺼내 탁자에 늘어놓았다. 삶은 채소에 간장을 끼얹은 반찬과 밥이다.

시라하 씨는 얼굴을 찌푸렸다.

“이게 뭐죠?”

“무와 숙주나물과 감자와 밥이에요.”

“언제나 이런 걸 먹나요?”

“이런 거라뇨?”

“요리는 아니잖아요?”

“나는 식재료를 익혀 먹어요. 특별히 맛은 필요 없지만, 염분이 필요하면 간장을 끼얹어요.”

친절하게 설명했지만 시라하 씨는 이해가 안 되는 모양이었다. 마지못해 입으로 가져가면서 “먹이로군” 하고 내뱉듯이 말했다.

그래서 먹이라고 말했는데 하고 생각하면서, 나는 무를 포크로 찍어 입으로 가져갔다.

나는 사기꾼을 사기꾼인 줄 알면서 집에 들인 듯한 기분으로 시라하 씨를 집에 놓아두기 시작했지만, 뜻밖에도 시라하 씨 말이 맞았다.

집에 시라하 씨가 있으면 편리하다. 그렇게 생각하는 데에는 그리 오랜 시간이 걸리지 않았다.

여동생 다음으로 시라하 씨에 대해 이야기한 것은 미호네 집에 모였을 때였다. 모두 모여 케이크를 먹을 때 나는 집에 시라하 씨가 있다고 지나가는 말처럼 했다.

친구들이 모두 미친 듯이 기뻐 날뛰는 모습은 머리가 이상해진 게 아닐까 싶을 정도였다.

"뭐? 언제부터? 언제부터니?"

"어떤 사람이니?"

"잘됐다! 난 걱정했어. 게이코는 어떻게 될까 하고…….
정말 잘됐네!"

그렇게 모두 날뛰는 모습에 약간 기분 나빠하면서, 그냥
"고마워"라고만 말했다.

"직업은 뭐야? 뭐 하는 사람이니?"

"아무 일도 안 해. 창업이 꿈이라고 말했지만, 말뿐인 것
같아. 집에서 빈둥빈둥 놀고 있어."

모두 표정이 변하여, 몸을 앞으로 내밀고 열심히 내 이야
기를 듣기 시작했다.

"있어, 있어, 그런 남자가. 하지만 그런 사람일수록 묘하게
진실하거나 상냥하거나 해서 매력적이야. 내 친구도, 도대
체 뭐가 좋을까 싶었지만, 역시나 그런 사람한테 빠져버리
더라."

"내 친구도 불륜을 저질렀다가 반동으로 기둥서방 같은
남자한테 걸려들었어. 집안일이라도 해준다면 전업 남편이
라고 말할 수도 있지만, 그것조차도 하지 않았대. 하지만 친

구가 임신하자 태도가 싹 달라져서 지금은 행복한가 봐."

"그래 맞아. 그런 남자한테는 임신이 제일이야!"

내가 "연애를 해본 적이 없다"고 말했을 때보다 모두 기뻐하는 것 같고, 다 알고 있다는 투로 이야기를 계속하고 있다. 연애도 섹스도 해본 적이 없고 취직도 한 적이 없는 과거의 나에 대해서는 이따금 이해할 수 없다는 반응을 보였지만, 시라하 씨를 집에 살게 하는 나에 대해서는 미래의 일까지도 훤히 다 내다보인다는 투였다.

친구들이 시라하 씨와 나에 대해 이러쿵저러쿵 말하는 것을 듣고 있으려니까, 마치 생판 남의 이야기를 듣고 있는 것 같았다. 저희끼리 멋대로 이야기를 지어내는 것 같았는데, 나와 시라하 씨와 이름만 같은 등장인물이 나올 뿐 나와는 아무 관계도 없는 이야기였다.

내가 끼어들려고 하면, "충고는 들어두는 게 좋아!" "그래 그래, 게이코는 연애 초보자니까. 그런 남자의 생태에 대해서는 진저리가 날 만큼 들었으니까 우리가 훨씬 잘 알아" "미호도 젊은 시절에 딱 한 번 그런 일이 있었지" 하고 즐거운 듯이 말하기 때문에, 나에게 정보를 물으면 대답해주는 것 외에는 아무것도 하지 않기로 했다.

다들 내가 비로소 진정한 '한패'가 되었다고 말하는 것 같았다. 이쪽에 잘 왔어, 하고 모두 나를 환영하고 있는 듯한 느낌이 들었다.

지금까지 나는 모두에게 '저쪽' 인간이었다는 것을 절감하면서, 침을 튀기며 이야기하는 것을 "아, 그렇구나!" 하고 스가와라 씨 말투로 맞장구를 치고 시원시원하게 고개를 끄덕이면서 듣고 있었다.

시라하 씨를 먹이기 시작한 뒤, 편의점에서 나는 더욱 순조로웠다. 다만 시라하 씨 몫의 식비가 들었다. 지금까지 쉬었던 금요일과 일요일도 앞으로는 교대 근무에 넣어달라고 할까 생각하니 몸이 점점 더 잘 움직였다.

밖의 쓰레기를 치우고 뒷방에 가자, 야근을 마친 점장이 마침 교대 근무표를 만들고 있기에 무심코 말을 걸었다.

"저, 점장님, 금요일과 일요일은 자리가 다 찼나요? 돈을 벌고 싶어서 일을 좀 더 할 수 있으면 좋겠는데요."

"무슨 일이야, 후루쿠라 씨? 과연 의욕적이야! 아니, 하지만 일주일에 한 번도 쉬지 않으면 규정 위반이 되어버리니까, 다른 가게하고 겹치기는 어때? 어디나 일손이 부족하니까 좋아할 거야."

"좋아요!"

"몸은 망가뜨리지 않도록 해. 아, 이건 이번 달 명세표야."

점장한테 급여 명세표를 받아서 가방에 넣고 있는데,

"시라하 씨한테도 명세표를 전달해야 하는데 어떡하지? 사물함에 물건도 그대로 있는데 연락을 취할 수도 없고!" 하면서 점장이 한숨을 내쉬는 소리가 들렸다.

"전화는요? 연결되지 않나요?"

"연결되긴 하지만 전화를 안 받아. 그 녀석은 그런 점이 틀려먹었어. 사물함에 있는 물건은 가져가라고 말했는데, 아직도 잔뜩 들어 있고……."

"제가 가져갈까요?"

내일부터 야간조에 젊은 남자가 새로 들어오기로 되어 있다. 사물함이 비어 있지 않으면 곤란할 거라고 생각해서 나도 모르게 그만 그렇게 말해버렸다.

"뭐? 가져가다니, 시라하 씨한테? 후루쿠라 씨, 그 녀석과 연락하고 있어?"

뜻밖이라는 듯 점장이 말했다. 나는 아뿔싸 하고 생각하면서도 고개를 끄덕였다.

나와 면식이 없는 사람한테는 얼마든지 말해도 좋지만, 편의점에는 나에 대해 입도 뻥끗하지 말아줘요. 시라하 씨는 그렇게 말했다.

나를 아는 모든 사람으로부터 나를 숨겨줘요. 나는 아무한테도 폐를 끼치고 있지 않은데, 다들 태연히 내 인생에 간섭해. 나는 그저 조용히 숨을 쉬고 싶을 뿐이야.

시라하 씨가 혼잣말처럼 말한 것을 생각하고 있을 때, 방범 카메라 화면 속에서 자동문의 차임벨 소리가 들렸다.

카메라 영상을 보니 남자 손님들이 떼 지어 우르르 들어와 있었다. 단번에 가게 안이 북적거린다. 나는 계산대에 있는 점원이 지난주에 새로 들어온 투안 군뿐인 것을 보고 서둘러 계산대로 가려고 했다.

"아니야, 도망칠 필요는 없어!"

점장이 즐거운 듯이 외쳤다. 나는 방범 카메라 영상을 가리키며 "계산대가 혼잡해지고 있어요!" 하고는 계산대로 달려갔다.

계산대에 도착했을 때는 손님이 세 명쯤 줄을 서 있었고, 투안 군이 곤혹스러운 표정으로 계산기를 다루고 있었다.

"저어, 이거……."

아무래도 상품권을 어떻게 처리해야 하는지 몰라서 당황한 모양이다. 나는 재빨리 처리하면서 가르쳐주고, "이건 말이야, 거스름이 나오는 상품권이니까 거스름돈을 드려!" 하고 말한 다음, 또 다른 계산기로 달려간다.

"오래 기다리셨습니다! 이쪽 계산대로 오세요!"

기다리느라 조금 기분이 상한 듯한 남자 손님이 계산대로 와서, "저 사람은 신참인가요? 난 바쁜데" 하고 짜증스러운 어조로 말해서 "죄송합니다!" 하며 고개를 숙였다.

투안 군은 아직 계산기를 다루는 데 익숙지 않으니까 이즈미 씨가 함께 카운터를 보고 있었을 것이다. 둘러보니 이즈미 씨는 팩 음료를 발주하는 데 여념이 없어서 계산대가 혼잡해진 걸 알아차리지 못하는 것 같았다.

겨우 계산대가 조용해지자, 오늘의 세일 상품인 튀김꼬치가 아직 만들어져 있지 않은 것을 깨닫고 황급히 뒷방 냉동고로 달려갔다.

뒷방에 가자 점장과 이즈미 씨가 즐거운 듯 이야기를 나누고 있는 참이었다.

"점장님, 오늘 튀김꼬치 판매 목표가 백 개예요! 그런데 점심 피크타임에 팔 튀김꼬치가 하나도 만들어져 있지 않고, 세일 광고도 붙어 있지 않은 것 같아요!"

그거 큰일이군 하고 이즈미 씨와 점장이 말할 줄 알았는데, 이즈미 씨가 나에게 몸을 내밀고 말을 걸어왔다.

"이것 봐, 후루쿠라 씨, 시라하 씨와 사귀고 있다는 거 정말이야?"

"아니, 저기 이즈미 씨, 튀김꼬치가……."

"잠깐만. 어느새 그런 사이가 된 거야? 잘 어울리긴 하지만! 누가 고백했어? 시라하 씨?"

"후루쿠라 씨는 부끄러워하면서 전혀 대답해주지 않아! 이번에 회식할까? 시라하 씨도 데려와."

"점장님, 이즈미 씨, 튀김꼬치가……."

"어물쩍 넘기지 말고 가르쳐줘."

나는 초조한 마음에,

"사귄달까, 지금 집에 있는 것뿐이에요! 점장님, 그보다 튀김꼬치가 아직 한 개도 만들어져 있지 않아요!" 하고 외쳤다.

"뭐, 동거한다고!?"

이즈미 씨가 외치고, 점장이,

"정말!?" 하고 기쁜 듯이 소리를 지른다.

나는 이제 무슨 말을 해도 소용없다는 생각이 들어서 서둘러 냉동고에서 튀김꼬치 재고를 꺼내 두 팔 가득 안고 계산대로 달려갔다.

나는 두 사람의 태도에 충격을 받았다. 평소 130엔인 튀김꼬치를 110엔에 할인 판매한다는 것보다 점원과 옛 점원의 가십을 우선한다는 것은, 편의점 점원에게는 있을 수 없는 일이다. 둘 다 어떻게 되어버린 걸까.

내가 안색이 변하여 튀김꼬치를 안고 달려가고 있는 것을 알아차렸는지, 투안 군이 내 쪽으로 와서 튀김꼬치 절반을 덜어 받으며,

"굉장한데요. 이걸 다 만드는 거예요?" 하고 약간 서툰 일본말로 말했다.

"그래. 오늘부터 세일이야. 판매 목표는 백 개인데, 지난번 세일 때 아흔한 개를 팔았으니까 이번엔 목표를 달성시키고 말겠어. 이날을 위해 저녁에 일하는 사와구치 씨가 커다란 광고를 만들어줬지. 그걸 붙여놓고, 모두 한 덩어리가 되어 튀김꼬치를 파는 거야. 그게 지금 이 가게에서 가장 중요한 일이야."

말하면서 왠지 눈물이 날 것 같았다. 투안 군은 내 빠른 일본말을 전부 알아듣지는 못한 듯, "가장?" 하고 고개를 갸웃거렸다.

"모두 하나가 되어 분발하자는 뜻이야! 투안, 지금 당장 이걸 다 만들어!"

내 말에 투안 군은 "이걸 다! 큰일이군요!" 하며 고개를 끄덕이고는 불안한 손놀림으로 튀김꼬치를 만들기 시작했다.

나는 패스트푸드 진열장 쪽으로 달려가, 사와구치 씨가 두 시간이나 잔업을 하면서 만들어준 '대인기! 촉촉하고 맛있는 튀김꼬치, 지금만 110엔!'이라고 쓰인 광고를 장식하기 시작했다.

사다리 위에 올라가서 천장에 골판지 상자와 색도화지로 만든 튀김꼬치 입체 간판을 매달았다. 사와구치 씨가 "이번에야말로 백 개 목표를 달성합시다!" 하면서 만들어준 멋진 간판이다.

점원으로 일하는 동안 우리는 힘을 합쳐 하나의 목표를 향해 나아가는 동지였는데. 이즈미 씨와 점장은 도대체 어떻게 된 걸까.

가게에 손님이 들어왔다. 나는 소리쳤다.

"어서 오세요. 안녕하십니까! 오늘부터 튀김꼬치가

110엔이에요! 골라보세요!"

갓 만든 튀김꼬치를 늘어놓고 있던 투안 군도 "튀김꼬치 골라보세요!" 하고 소리를 질러주었다.

점장과 이즈미 씨는 아직 뒷방에서 나오지 않았다. 이즈미 씨의 웃음소리가 희미하게 들려온 듯한 기분이 들었다.

"쌉니다. 튀김꼬치 드셔보세요!"

익숙지 않은데도 소리를 질러대는 투안 군만이 지금은 나의 둘도 없는 동지였다.

가까운 슈퍼에서 숙주나물과 닭고기와 양배추를 사서 돌아와보니 시라하 씨가 보이지 않았다.

식재료 삶을 준비를 하면서, 시라하 씨는 어쩌면 떠났는지도 모른다고 생각하고 있는데 욕실에서 소리가 났다.

"어머나, 시라하 씨? 거기 있었어요?"

욕실 문을 열자 시라하 씨가 양복을 입은 채 마른 욕조 속에 앉아 태블릿으로 동영상을 보고 있는 참이었다.

"왜 여기 있어요?"

"처음에는 벽장 속에 있었는데, 벌레가 나오잖아요. 여기는 벌레도 없고 차분하게 시간을 보낼 수 있어서 좋군요" 하고 시라하 씨가 대답했다.

"오늘도 삶은 채소인가요?"

"그래요. 오늘은 숙주나물과 닭고기와 양배추를 익힐 거예요."

"그래요?" 하고 시라하 씨가 고개를 숙인 채 말했다.

"오늘은 좀 늦게 돌아왔군요. 벌써 배가 고픈데요."

"퇴근하려고 했더니 점장과 이즈미 씨가 말을 걸면서 놓아주질 않았어요. 점장은 휴일 출근인데 계속 가게에 남아서⋯⋯ 시라하 씨를 회식에 데려오라고 끈질기게 말하더군요."

"예? 혹시 나에 대해 말했나요?"

"미안해요. 그만 무심결에 말해버렸어요. 아, 이거 받아요. 시라하 씨 사물함에 있던 물건이랑 급여 명세표를 받아

왔어요."

"아, 그래요? 숨겨달라고 했는데…… 말해버렸군요."

시라하 씨는 태블릿을 움켜쥐고 입을 다물었다.

"미안해요. 악의는 없었어요."

"아니…… 곤란해진 건 후루쿠라 씨예요."

"예에?"

왜 내가? 하고 고개를 갸웃했다.

"놈들은 분명 나를 끌어내서 야단치려는 겁니다. 하지만 나는 절대로 가지 않아요. 여기 계속 숨어 있을 겁니다. 그러면 다음에 야단맞을 사람은 후루쿠라 씨, 당신이에요."

"나요……?"

"왜 직장도 없는 백수를 방에 들여놓았느냐, 맞벌이도 좋지만 왜 아르바이트냐, 결혼은 안 할 거냐, 애는 안 낳을 거냐, 제대로 일해라, 어른으로서의 역할을 다해라……. 모두가 당신을 간섭하게 될 겁니다."

"지금까지 가게 사람들한테 그런 말을 들은 적은 없어요."

"그건 당신이 너무 이상하기 때문이에요. 서른여섯 살의 독신 편의점 점원, 게다가 아마 처녀일 테고, 날마다 활기차게 소리를 지르고, 건강해 보이는데 취직하려고 애쓰는 기미도 없고……. 당신이 이물질이고 기분이 너무 나쁘니까 아무도 말하지 않았을 뿐이죠. 하지만 뒤에서는 말하고 있었어요. 앞으로는 그걸 직접 대놓고 말할 거예요."

"예……."

"보통 사람은 보통이 아닌 인간을 재판하는 게 취미예요. 하지만 나를 쫓아내면 더욱더 사람들은 당신을 재판할 거예요. 그러니까 당신은 나를 계속 먹일 수밖에 없어요."

시라하 씨는 희미하게 웃었다.

"나는 줄곧 복수하고 싶었어요. 여자라는 이유만으로 기생충이 되는 게 용납되는 것들한테. 나 자신이 기생충이 되어주겠다고 줄곧 생각하고 있었죠. 나는 오기로라도 후루쿠라 씨한테 계속 붙어살 겁니다."

나는 시라하 씨가 무슨 말을 하고 있는지 전혀 알 수가 없었다.

"시라하 씨, 그보다 먹이를 먹을 건가요? 이제 채소가 다

삶아졌을 텐데."

"여기서 먹겠습니다. 갖다 줘요."

시라하 씨가 그렇게 말했기 때문에, 나는 삶은 채소와 흰 밥을 접시에 담아서 욕실로 가져갔다.

"거기 문 좀 닫아줘요."

시라하 씨가 그렇게 말했기 때문에, 나는 욕실 문을 닫고 오랜만에 혼자 탁자 앞에 앉아서 식사를 하기 시작했다.

내가 음식을 씹는 소리가 이상하게 크게 들렸다. 좀 전까지 편의점의 '소리' 속에 있었기 때문인지도 모른다. 눈을 감고 가게를 머리에 떠올리자, 편의점의 소리가 고막 안쪽에 되살아났다.

그것은 음악처럼 내 속을 흐르고 있었다. 내 안에 새겨진 소리, 편의점이 연주하고 편의점이 작동하는 소리 속에서 흔들리면서 나는 내일 또 일하기 위해 눈앞의 먹이를 몸속에 채워 넣었다.

시라하 씨의 소식은 눈 깜짝할 사이에 가게 안에 퍼졌고, 점장은 만날 때마다 집요하게 "시라하 씨는 잘 있어? 회식은 언제 할까?" 하고 말했다.

여덟 번째 점장은 일을 열심히 하는 점이 존경할 만하고 최고의 동지라고 생각하고 있었는데, 만나기만 하면 시라하 씨 이야기만 하기 때문에 진절머리가 났다.

지금까지는 얼굴이 마주치면, 요즘 날씨가 더워져서 초콜릿 과자가 잘 팔리지 않는다거나, 근처에 새 아파트가 생겨서 저녁 손님이 늘어났다거나, 다음다음 주에 나올 신상품은 광고가 많이 들어갈 모양이니까 기대할 수 있다거나, 그런 의미 있는 이야기를 편의점 점원과 편의점 점장으로서 솔직하게 나누고 있었는데, 점장의 마음속에서 나는 이제 편의점 점원이기 전에 인간 암컷이 되어버린 듯한 느낌이었다.

"후루쿠라 씨, 고민이 있으면 내가 들어줄게!"

"아 참, 다음에는 후루쿠라 씨만이라도 회식에 참석해. 사실은 시라하 씨가 와주면 좋겠지만! 내가 활기를 불어넣어 줄 수 있는데!"

시라하 씨를 싫어한다고 말했던 스가와라 씨까지 "나도 시라하 씨를 만나고 싶어요. 나도 불러주세요!" 하고 말했다.

지금까지는 몰랐지만 모두 이따금 모여서 회식을 하는 듯, 아이가 있는 이즈미 씨도 남편이 아이를 돌봐주는 날에는 얼굴을 내밀고 있는 모양이었다.

"후루쿠라 씨와도 한번 술을 마시고 싶었어!"

모두 시라하 씨를 회식에 끌어내려 하고 있었고, 그를 야단치려고 그 기회를 노리고 있었다.

이렇게 모두 야단을 치려고 벼르고 있으니 '숨고 싶다'는 시라하 씨의 마음도 알 것 같은 기분이 들었다.

점장은 시라하 씨가 그만두었을 때 처분해야 할 시라하 씨의 이력서까지 갖고 나와서, 이즈미 씨와 함께 "여기 좀 봐. 대학을 중퇴하고 전문학교에 들어갔는데 거기도 곧 그만두었군" "자격증은 현재 영어검정('실용영어기능검정시험'의 줄임말. 재단법인 일본영어검정협회가 주관하여 1년에 세 번 실시하는 영어

능력 검정시험)뿐인가요? 그럼 운전면허도 없다는 건가요?" 하면서 시라하 씨를 품평하고 있었다.

모두 희희낙락하며 시라하 씨를 야단치려 하고 있었다. 그것이 주먹밥 100엔 세일이나 치즈프랑크 신발매, 또는 모든 반찬을 할인받을 수 있는 쿠폰을 나누어주는 것보다 더 중요한 우선 사항이라고 말하는 것 같았다.

가게의 '소리'에 잡음이 섞이게 되었다. 모두 같은 음악을 연주하고 있었는데, 갑자기 모두 주머니에서 제각기 다른 악기를 꺼내 연주를 시작한 듯한 불쾌한 불협화음이었다.

가장 무서운 것은 신참인 투안 군이었다. 그는 점점 가게를 흡수하여, 가게의 모든 사람과 비슷해져가고 있었다. 과거의 가게였다면 그것은 문제가 되지 않았겠지만, 지금의 가게 사람들과 비슷해진 덕분에 투안 군은 점점 '점원'과는 거리가 먼 생물로 성장해가는 것 같았다.

그렇게 착실했던 투안 군이 치즈프랑크를 만들던 손을 멈추고,

"후루쿠라 씨 남편은 전에 이 가게에 있었습니까아?" 하고

말했다.

말꼬리를 길게 늘이는 말투는 이즈미 씨 말투가 전염된 건지도 모른다. 나는 투안 군에게 빠른 말씨로 말했다.

"남편이 아니야. 그보다 오늘은 더우니까 찬 음료가 잘 팔리는 날이야. 페트병에 든 생수가 잘 팔리니까 줄어들면 곧바로 보충해줘. 골판지 상자에 든 것을 대형 냉장고 속에 잔뜩 넣어서 차갑게 해두었으니까. 팩에 든 차도 잘 팔려. 항상 정신 바짝 차리고 매장을 주의 깊게 봐줘."

"후루쿠라 씨, 아이는 안 낳을 거예요? 우리 누나는 결혼해서 아이를 셋 낳았어요. 아직 어리고 귀여워요."

투안 군은 점점 점원이 아니게 되어간다. 모두 제복을 입고 전과 똑같이 일하고 있지만, 전보다도 더 점원이 아닌 듯한 느낌이 든다.

손님들만은 변함없이 가게에 오고, '점원'으로서의 나를 필요로 해준다. 나와 같은 세포라고 여겼던 사람들이 모두 차츰 '무리의 수컷과 암컷'이 되어가고 있는 불쾌감 속에서 손님들만은 나를 계속 점원으로 있게 해주었다.

여동생이 시라하 씨를 야단치러 온 것은 전화를 건 후로 한 달이 지난 일요일이었다.

여동생은 온화하고 상냥한 아이지만, "언니를 위해 한마디 해둬야겠어"라고 열을 내며 막무가내로 밀고 들어왔다.

시라하 씨에게는 밖에 나가라고 했지만, "괜찮습니다. 별로 상관없어요" 하고는 방에 남아 있을 모양이었다. 야단맞는 것을 그렇게 싫어했는데 뜻밖이었다.

"유타로는 남편이 봐주고 있어. 이따금 그래 줘."

"그래. 좁지만 천천히 놀다 가."

아기를 데리고 있지 않은 여동생을 오랜만에 보았기 때문에, 뭔가 물건을 잃어버린 것처럼 보였다.

"일부러 여기까지 오지 않아도, 네가 불러주기만 하면 여느 때처럼 내가 너희 집으로 놀러 갔을 텐데."

"괜찮아. 오늘은 언니와 천천히 이야기하고 싶었으니까. 방해는 안 됐어?"

여동생은 주위를 둘러보더니,

"저어, 함께 살고 있는 사람은…… 오늘은 외출했어? 신경 쓰게 했나?" 하고 말했다.

"응? 아니, 집에 있어."

"뭐? 어, 어디? 인사해야지……."

황급히 일어난 여동생에게 "그런 건 안 해도 돼. 아, 그런데 이제 슬슬 먹이를 먹을 시간인가……?" 하고는, 밥과 냄비 속에 든 삶은 감자와 양배추를 부엌에 있던 세숫대야에 담아서 욕실로 가져갔다.

시라하 씨는 욕조 안에 깐 방석 위에 앉아서 스마트폰을 만지작거리고 있다가, 내가 먹이를 건네주자 말없이 받아 들었다.

"욕실……? 목욕하고 있어?"

"아니, 방을 같이 쓰면 좁으니까 거기서 살아."

여동생이 아연실색한 표정을 지었기 때문에 나는 자세히 설명해주었다.

"그게, 여기는 낡은 아파트잖아. 시라하 씨는 낡은 욕조에서 목욕할 바에는 차라리 코인샤워(동전을 넣으면 일정한 시간 동안 물이 나오는 샤워실)가 낫대. 샤워비와 식비는 받고 있어. 좀 귀찮긴 하지만. 그래도 저 사람을 집 안에 들여놓으면 편리해. 무엇 때문인지 다들 기뻐해주고, 잘했다느니 축하한다느니 축복해줘. 자기들 멋대로 납득하고, 나한테 별로 간섭하지 않게 됐어. 그래서 편리해."

내 친절한 설명을 이해했는지, 여동생은 고개를 숙였다.

"아 참, 어제 가게에서 팔다 남은 푸딩을 사 왔는데, 먹을래?"

"이런 상황인 줄은 생각도 못 했어……."

여동생이 떨리는 목소리를 냈기 때문에 놀라서 얼굴을 보니 울고 있는 것 같았다.

"왜 그래? 아, 얼른 화장지 가져올게!"

순간적으로 스가와라 씨 말투로 말하고 일어나자 여동생이 말했다.

"언니는 언제면 고쳐질까?"

여동생은 입을 열어 말하고는 나를 야단치지도 않고 고개를 숙였다.

“이제 한계야……. 어떻게 하면 평범해질까? 언제까지 참으면 돼?”

“뭐, 참고 있다고? 그렇다면 억지로 나를 만나러 오지 않아도 되잖아?”

솔직하게 여동생에게 말하자 여동생은 눈물을 흘리면서 일어섰다.

“언니, 제발 부탁이니까 나랑 함께 상담하러 가자. 치료를 받아. 이제 그 방법밖에 없어.”

“어릴 적에 갔지만, 안 됐잖아. 그리고 난 뭘 고치면 되는지 모르겠어.”

“언니는 편의점 일을 시작한 뒤 점점 더 이상해졌어. 집에서도 편의점에 있는 것처럼 소리를 지르고, 표정도 이상해. 제발 부탁이니까 평범해져.”

여동생은 더욱 격렬하게 울기 시작했다. 나는 울고 있는 여동생에게 물었다.

“그럼 내가 점원을 그만두면 고쳐질까? 점원 일을 하고 있어야 고쳐질까? 시라하 씨를 집에서 쫓아내면 고쳐질까? 집에 계속 놔두어야 고쳐질까? 지시를 내려주면 나는 아무래도 좋아. 확실하게 가르쳐줘."

"이젠 아무것도 모르겠어."

여동생은 울면서 말할 뿐, 아무 대답도 해주지 않았다.

나는 여동생이 입을 다물어버렸기 때문에 한가해져서, 냉장고에서 푸딩을 꺼내 울고 있는 여동생을 바라보면서 먹었다. 하지만 여동생은 좀처럼 울음을 그치지 않았다.

그때 욕실 문이 열리는 소리가 났다. 놀라서 돌아보니 시라하 씨가 서 있었다.

"죄송합니다. 사실은 후루쿠라 씨와 말다툼을 좀 했어요. 볼꼴 사나운 장면을 보여드렸네요. 깜짝 놀라셨지요."

갑자기 지껄이기 시작한 시라하 씨를 나는 멍하니 쳐다보았다.

"실은 내가 옛 여친과 페이스북으로 연락을 주고받았어요. 그리고 둘이 술을 마시러 갔죠. 그랬더니 게이코가 미친 듯이 화를 내면서, 함께 잘 수 없다고 나를 욕실에 가두어버린 거예요."

여동생은 시라하 씨의 말뜻을 되새기듯 한동안 그의 얼굴을 계속 바라본 뒤, 마치 교회에서 신부님을 만난 신자 같은 얼굴로 시라하 씨에게 매달리듯 일어났다.

"그랬군요! 그래요, 그렇군요……!"

"오늘은 동생이 온다는 말을 듣고, 이건 곤란하다 싶어서 숨어 있었어요. 야단맞을까 봐."

"그렇군……요! 언니한테 들었는데, 일도 않고 굴러들어 왔다고 해서, 나는 언니가 이상한 남자한테 속고 있는 건 아닐까 하고 너무 걱정이 돼서……. 게다가 바람을 피우다니! 동생으로서 용서할 수 없어요!"

여동생은 시라하 씨를 야단치면서도 더할 나위 없이 기쁜 것 같았다.

그런가. 야단치는 건 '이쪽' 인간이라고 생각하기 때문이다. 그래서 아무 문제도 일으키지 않지만 '저쪽'에 있는 언니보다는 문제투성이라도 '이쪽'에 언니가 있는 편이 여동생은 훨씬 기쁜 것이다. 그쪽이 여동생한테는 훨씬 잘 이해할 수 있는 정상적인 세계다.

"시라하 씨! 나는 동생으로서 정말로 화가 나요!"

여동생은 전과 말투가 좀 달라진 듯한 느낌이 든다. 여동생 주위에는 지금 어떤 인간이 있을까? 분명 그 사람과 아주 비슷한 말투일 것이다.

"알고 있습니다. 느리기는 하지만 일은 찾고 있고, 물론 호적에도 빨리 올릴 생각이니까."

"이런 상태로는 부모님께 말씀드릴 수 없어요!"

분명 이제 한계일 것이다. 내가 계속 점원으로 일하는 것을 아무도 바라지 않는다.

점원이 되는 것을 그렇게 기뻐했던 여동생이 지금은 점원이 아니게 되는 것이야말로 정상이라고 말한다. 여동생의 눈물은 말랐지만 콧물은 흘러나와 코 밑을 적시고 있다. 그것을 닦지도 않고, 여동생은 우쭐해져서 큰소리치는 듯한 태도로 시라하 씨한테 계속 화를 내고 있다. 나는 여동생의 콧물을 닦아주지도 못하고, 먹다 만 푸딩을 손에 든 채 두 사람을 바라보고 있었다.

이튿날 아르바이트를 마치고 돌아오자 현관에 빨간 구두가 놓여 있었다.

또 여동생이 와 있나, 설마 시라하 씨가 애인이라도 데려왔나 하고 생각하면서 들어가 보니, 방 한가운데에는 시라하 씨가 단정하게 앉아 있고, 탁자 너머에 갈색 머리 여자가 앉아서 시라하 씨를 노려보고 있었다.

"저어…… 누구세요?"

말을 걸자 여자는 험악한 눈으로 나를 노려보았다. 아직 젊은 나이에 짙은 화장을 한 여자였다.

"당신이 지금 이 사람과 함께 살고 있는 분인가요?"

"네, 그런데요?"

"나는 이 사람 동생의 처예요. 이 사람이 방세를 체불한 채 도망쳤는데, 휴대폰도 연결되지 않는지 홋카이도의 본가에까지 전화가 걸려 왔어요. 우리가 전화를 걸어도 안 받고……. 마침 내가 동창회 때문에 도쿄에 올 일이 있어서 시

어머니가 마련해준 돈으로 밀린 방세를 치르고, 고개 숙여 사죄하고……. 정말이지 언젠가는 이렇게 될 줄 알았어요. 이 사람은 제 손으로 돈을 벌 마음은 추호도 없으면서 돈에 탐욕스럽고 칠칠치 못해요. 대신 치러준 방세는 반드시 돌려받을 테니까 그리 아세요."

탁자 위에는 '차용증'이라고 쓰인 종이가 놓여 있었다.

"착실하게 일해서 갚아주세요. 왜 내가 아주버니를 위해 이렇게까지 해야 하는지!"

"저어…… 여긴 어떻게 알았어요?"

시라하 씨가 가느다란 목소리로 묻는다. 나는 '숨겨달라'는 시라하 씨 말에는 방세를 내지 않고 도망쳤으니까 그렇게 해달라는 의미도 있지 않았을까 하고 생각했다.

시라하 씨의 질문에 제수는 코웃음을 치며 말했다.

"아주버니는 전에도 방세를 체불하고 집에까지 돈을 빌리러 온 적이 있잖아요. 그때 이렇게 될 것 같은 느낌이 들어서, 남편한테 부탁해 아주버니 휴대폰에 위치추적 앱을 깔아두었어요. 그래서 여기 있는 걸 알았고, 편의점에 가려고 나왔을 때 붙잡았죠."

시라하 씨는 제수한테 완전히 신용을 잃었구나 하고 나는 절실히 느꼈다.

"정말로…… 그 돈은 반드시 갚을게요……."

시라하 씨는 고개를 숙이고 있었다.

"당연하죠. 그런데 이 사람과는 어떤 관계예요?"

제수는 나에게 눈길을 보냈다.

"백수인데 동거하고 있나요? 그럴 겨를이 있으면, 이제 어엿한 어른이니까 제대로 된 직장에 취직해주세요."

"결혼을 전제로 사귀고 있어요. 나는 집안일을 하고, 여자가 일을 하기로 되어 있지요. 여자가 취직할 곳이 정해지면, 빚은 그 돈으로 갚을게요."

아니, 시라하 씨한테 그런 여자가 있었나 하고 생각했지만, 어제 여동생과 시라하 씨가 나눈 대화를 생각해내고는 나를 말하고 있다는 것을 깨달았다.

"그런가요? 지금은 어떤 일을 하고 계세요?"

제수가 의아한 얼굴로 나를 보며 묻기에,

"편의점에서 아르바이트를 하고 있어요" 하고 대답했다.

제수의 눈과 코와 입이 일제히 크게 벌어진 것을 보고, 어디선가 본 적이 있는 얼굴이라고 생각한 순간, 제수가 아연실색한 태도로 외쳤다.

"네에……? 그런데 둘이 살고 있단 말예요!? 이 사람은 백수인데!?"

"저어…… 그래요."

"그걸로 살아갈 수 있을 리가 없잖아요! 길바닥에 쓰러져 죽을 건가요? 아니, 저…… 초면에 실례지만, 나이도 꽤 들어 보이는데 왜 아르바이트를 하시죠?"

"그게…… 여러 군데 면접을 본 적도 있었지만, 편의점밖에 안 됐어요."

제수는 어이가 없는 듯 멍하니 나를 바라보았다.

"어떤 의미에서는 잘 어울리는 느낌이지만……. 저기, 생판 남인 내가 이런 말을 하는 것도 뭣하지만요, 취직이든 결혼이든 어느 쪽이든 하는 게 좋아요. 이건 진심이에요. 아니, 양쪽 다 하는 게 좋아요. 언젠가는 굶어 죽어요. 되는대로 아무렇게나 사는 생활방식을 받아들이면."

"그렇군요……."

"이 사람을 좋아하다니 당신 취향을 이해할 수 없지만, 그렇다면 더욱더 취직하는 편이 좋아요. 사회부적응자 둘이서 아르바이트로 번 돈만으로 살아갈 수는 없을 테니까요. 정말이에요."

"네에."

"주위에서는 아무도 말해주지 않았나요? 저기, 혹시 보험 같은 건 제대로 들었나요? 이건 정말로 당신을 위해서 하는 말인데…… 초면이지만 착실하게 사는 게 좋아요!"

몸을 내밀고 육친처럼 진심으로 걱정해주는 듯한 제수를 보고, 시라하 씨한테 들은 것보다 좋은 사람인 것 같다고 생각했다.

"둘이서 의논했어요. 아이가 생길 때까지는 내가 여자를 뒷받침할 거요. 나는 인터넷 기업 쪽에 전념할 생각이에요. 아이가 생기면 나도 일을 찾아서 한 가정의 기둥이 될 겁니다."

"꿈같은 이야기는 그만두시고, 아주버니도 일을 좀 하세요. 뭐, 두 사람의 일이니까 내가 간섭할 일도 아닐지 모르지만……."

"이 여자한테는 알바를 당장 그만두게 할 거요. 그리고 날마다 직장을 찾게 할 겁니다. 벌써 결정된 일이에요."

"네……."

제수는 떨떠름한 어조로 "뭐, 상대가 있으니까 전보다는 나아지고 있는 것 같기도 하지만……" 하고 말한 다음, "너무 오래 있고 싶지도 않으니까 이만 돌아가겠어요" 하면서 일어났다.

"오늘 일은 빌려준 돈의 액수를 포함하여 어머니한테 전부 말씀드리겠어요. 도망칠 수 있다고는 생각지 마세요."

제수는 그런 말을 남기고 돌아갔다.

시라하 씨는 문이 닫히고 발소리가 멀어지는 것을 신중하게 확인한 뒤, 기쁜 듯이 외쳤다.

"해냈다! 잘 넘겼어! 이제 당분간은 괜찮아. 이 여자가 임신 같은 걸 할 리가 없지. 나는 절대로 이런 여자 몸에 삽입하지 않으니까!"

시라하 씨는 흥분한 태도로 나의 두 어깨를 움켜잡았다.

"후루쿠라 씨, 당신은 운이 좋아요. 처녀에다 독신에다 편의점 알바라는 삼중고를 겪고 있는 당신이 내 덕분에 기혼자 사회인이 될 수 있고, 누구나 당신이 처녀가 아니라고 생각할 테고, 주위에서 보기에 정상적인 인간이 될 수 있으니까요. 그게 모든 사람이 가장 기꺼이 받아들이는 당신의 모습이에요. 잘됐어요!"

집에 돌아오자마자 시라하 씨의 가정 문제에 말려들어 기진맥진한 나는 시라하 씨의 이야기를 들을 마음도 나지 않았다.

"저기, 오늘은 집에서 샤워를 해도 될까요?"

그러자 시라하 씨가 욕조에서 방석을 꺼냈고, 나는 오랜만에 집에서 샤워를 했다.

내가 샤워를 하고 있는 동안 시라하 씨는 욕실 문 앞에서 줄곧 지껄이고 있었다.

"나를 만날 수 있어서 당신은 정말로 운이 좋아요. 이대로 혼자 쓸쓸히 죽을 뻔했으니까. 그 대신 앞으로도 계속 나를 숨겨줘야 해요."

시라하 씨의 목소리는 멀어지고 물소리밖에 나지 않았다. 귓속에 남아 있던 편의점의 소리가 조금씩 지워져갔다.

몸의 거품을 다 씻어내고 수도꼭지를 꽉 잠그자, 오랜만에 귀가 고요함을 들었다.

지금까지는 줄곧 귓속에서 편의점이 울고 있었다. 하지만 그 소리가 지금은 나지 않았다.

오랜만의 고요가 들어본 적이 없는 음악처럼 느껴지고, 욕실에 우두커니 서 있자 그 조용함을 할퀴듯 시라하 씨의 무게가 바닥을 울리는 소리가 울려 퍼졌다.

18년 동안의 근무가 환상이었던 것처럼, 어이없이 나는 편의점에서의 마지막 날을 맞았다.

그날 나는 아침 여섯 시에 가게에 가서 내내 방범 카메라 화면을 쳐다보고 있었다.

투안 군은 계산기에 익숙해져서 재빨리 캔커피나 샌드위치를 스캔하고, '영수증'을 달라고 해도 빠른 손놀림으로 계산기를 다루고 있었다.

아르바이트를 그만두려면 사실은 한 달 전에 미리 말해야 하지만, 사정이 있다고 하자 2주 만에 그만두게 해주었다.

나는 2주 전의 일을 생각해냈다. "그만두게 해주세요" 하고 말했는데, 점장은 무척 기뻐하는 것 같았다.

"아, 드디어!? 시라하 씨가 남자다움을 보여준 건가?"

알바를 그만두는 것은 곤란하다, 일손이 부족하니까 후임자를 소개한 뒤에 그만둬달라고 늘 말하던 점장인데, 웬일로 기뻐하는 것 같았다. 아니, 이제 점장이라는 인간은 어디에도 없는지 모른다. 눈앞에 있는 것은 인간 수컷이고, 자기와 같은 생물이 번식하기를 바라고 있다.

갑자기 그만두는 사람은 프로 의식이 부족하다고 언제나 분개하던 이즈미 씨도, "얘기 들었어! 잘됐어!" 하며 축하해주었다.

나는 제복을 벗고, 명찰을 떼어 점장에게 건네주었다.

"신세 많이 졌습니다."

"아, 섭섭할 거야. 정말 수고 많았어!"

18년 동안 근무했는데 마지막은 간단했다. 계산대에서는 나 대신 지난주에 들어온 미얀마 여자가 바코드를 스캔하고 있었다. 곁눈으로 방범 카메라 영상을 보면서, 이제 내가 저 화면에 비칠 일은 없겠구나 하고 생각했다.

"후루쿠라 씨, 정말 수고했어."

이즈미 씨와 스가와라 씨한테 '축하를 겸해' 고급스러워 보이는 부부용 젓가락을 받고, 저녁에 근무하는 젊은 여자한테 캔에 든 쿠키를 받았다.

18년 동안 그만두는 사람을 몇 명이나 보았지만 눈 깜짝할 사이에 그 빈틈은 메워져버린다. 내가 없어진 자리도 눈 깜짝할 사이에 충원되고, 편의점은 내일부터 전과 똑같이 굴러갈 것이다.

상품을 검사하는 스캐너도, 발주하는 기계도, 바닥을 닦는 대걸레도, 손을 소독하는 알코올도, 언제나 허리에 차고 있던 먼지떨이도, 늘 몸 가까이 두고 있었던 도구들을 만질

일도 없어진다.

"하지만 뭐 경사스러운 새 출발이니까."

점장의 말에 이즈미 씨와 스가와라 씨도 고개를 끄덕였다.

"그래요! 또 놀러 오세요!"

"그래, 손님으로 언제든지 와. 시라하 씨와 함께 와. 치즈 프랑크를 한턱낼게."

이즈미 씨와 스가와라 씨도 나를 축복하며 웃고 있었다.

나는 모두의 뇌가 상상하는 보통 사람의 모습이 되어간다. 모두의 축복이 기분 나빴지만, "고맙습니다" 하고만 말했다.

저녁에 근무하는 젊은 여자들한테도 인사를 하고 밖으로 나왔다. 밖은 아직 밝았지만, 편의점은 하늘에서 내려오는 빛보다도 강렬하게 빛나고 있었다.

점원이 아닌 내가 앞으로 어떻게 될지, 상상도 할 수 없었다. 나는 빛나는 하얀 수조 같은 가게에 가볍게 인사를 하고 지하철역 쪽으로 걷기 시작했다.

집에 돌아오자 시라하 씨가 나를 기다리고 있었다.

여느 때라면 내일 근무를 위해 먹이를 먹고 잠을 자면서 내 육체를 조절할 때다. 일하지 않는 시간에도 내 몸은 편의점의 것이었다. 그런 처지에서 해방되자, 이제 어떻게 해야 좋을지 알 수 없게 되어버렸다.

시라하 씨는 방에서 의기양양하게 인터넷으로 구인 광고를 검색하고 있다. 탁자 위에는 이력서가 흩어져 있었다.

"연령 제한이 있는 일이 많지만, 잘 찾으면 전혀 없는 것도 아니에요! 구인 광고 따위를 보는 건 딱 질색이었는데, 내가 일하는 게 아니니까 못 견디게 재미있는데요!"

나는 마음이 무거웠다. 시계를 보니 저녁 일곱 시였다. 평소에는 일을 하지 않을 때도 내 몸은 편의점과 연결되어 있었다. 지금은 저녁에 팔 팩 음료를 보충할 시간, 지금은 야간에 많이 팔리는 잡화가 배달되어 야간조가 상품 검사를 시작한 시간, 지금은 바닥을 청소하는 시간…… 시계를 보면 언제나 가게의 광경이 떠올랐다.

지금은 저녁 근무자인 사와구치 씨가 내주의 신상품 광고지를 쓰고, 마키무라 군이 컵라면을 보충하고 있을 시간이다. 그런데 나는 이제 그 시간의 흐름에서 뒤처져버렸구나 하고 생각했다.

방 안에는 시라하 씨의 목소리, 냉장고 소리, 온갖 다양한 소리가 떠다니고 있는데, 내 귀는 고요함밖에 듣지 않았다. 나를 가득 채우고 있던 편의점의 소리가 몸에서 사라져 있었다. 나는 세상으로부터 단절되어 있었다.

"역시 편의점 알바는 나를 부양하기에는 불안정해. 그러니 백수와 알바가 같이 살면, 백수인 내가 비난을 받게 마련이야. 석기시대에서 빠져나오지 못한 자들은 당장 남자한테 불평을 하지. 하지만 후루쿠라 씨만 정규직에 취직하면 나는 더 이상 그런 피해를 받지 않아도 되고 후루쿠라 씨한테도 도움이 되고, 일석이조야!"

"저어, 오늘은 식욕이 없네요. 시라하 씨 먹고 싶은 거 뭐든지 마음대로 먹어요."

"예? 뭐, 좋습니다."

몸을 일으켜 사러 가는 게 귀찮은지 시라하 씨는 좀 불만스러운 듯했지만, 내가 천 엔짜리를 건네주자 조용해졌다.

그날 밤, 나는 이부자리에 누워도 잠이 오지 않아서 일어나 실내복을 입은 채 베란다로 나갔다.

지금까지라면 내일을 위해 자야 할 시간이다. 편의점을 위해 몸을 조절하려고 생각하면 금세 잠들 수 있었는데, 지금의 나는 무엇을 위해 잠을 자면 좋을지도 알 수 없어져버렸다.

빨래는 거의 다 방에서 말리기 때문에 베란다는 지저분하고 창문에도 곰팡이가 피어 있었다. 나는 실내복이 더러워지는 것도 상관하지 않고 베란다에 주저앉았다.

문득 창유리 너머로 방 안의 시계를 보니 밤 세 시였다.

지금은 야간조가 차례로 돌아가며 휴식을 취하고 있을 시간일까. 다트 군과 지난주에 새로 들어온 알바 경험자인 대학생 시노자키 군이 쉬면서 대형 냉장고를 보충하기 시작한 참일 것이다.

이런 시간에 자지 않고 있는 것은 오랜만이었다.

나는 내 몸을 쓰다듬었다. 편의점 규정대로 손톱은 짧게 정리하고, 머리카락은 청결감을 중요하게 여겨 염색도 하지 않고, 손등에는 사흘 전에 고로케를 튀길 때 입은 화상 자국이 희미하게 남아 있다.

여름이 다가오고 있다고는 하지만 베란다는 아직 조금 쌀쌀했다. 그래도 방에 들어갈 마음은 나지 않아서, 나는 언제까지나 쪽빛 하늘을 멍하니 바라보고 있었다.

덥고 잠들기가 어려워서 몸을 계속 뒤척이다가, 나는 이부자리 속에서 가늘게 눈을 떴다.

오늘이 무슨 요일인지도, 지금이 몇 시인지도 모른다. 손으로 더듬어 머리맡의 휴대폰을 찾아 시계를 보니 두 시였다. 멍한 머리로는 오전인지 오후인지도 파악하지 못한 채 그대로 벽장 밖으로 나오자 커튼 너머로 햇빛이 비쳐들고 있어서, 지금이 낮 두 시라는 것을 알 수 있었다.

날짜를 보니 편의점을 그만둔 지 벌써 2주 가까이 지난 셈이다. 긴 시간이 지난 것 같기도 하고 시간이 멈춰 있는 것처럼 여겨지기도 한다.

시라하 씨는 식사라도 사러 갔는지 방에 없었다. 온종일 펼쳐 놓고 있는 접이식 탁자 위에는 어제 먹은 컵라면의 잔해가 방치되어 있다.

편의점을 그만둔 뒤 나는 아침 몇 시에 일어나면 좋을지 알 수 없게 되었다. 졸리면 자고 일어나면 밥을 먹는 생활이었다. 시라하 씨가 시키는 대로 이력서를 쓰는 작업을 하는 것 말고는 아무 일도 하지 않았다.

무엇을 기준으로 내 몸을 움직이면 좋을지 알 수 없었다. 지금까지는 일하지 않는 시간에도 내 몸은 편의점의 것이었다. 건강하게 일하기 위해 잠을 자고, 컨디션을 조절하고, 영양분을 섭취한다. 그것도 내 업무에 포함되어 있었다.

시라하 씨는 여전히 욕조에서 자고, 낮에는 방에서 식사를 하거나 구인 광고를 보거나 하면서, 자기가 일하고 있던 때보다 훨씬 활기차게 돌아다니며 생활하고 있는 것 같았다. 나는 밤낮을 불문하고 아무 때나 졸려서 벽장 속에 이부자리를 깔아놓고, 배가 고프면 벽장에서 밖으로 나오는 생활이 되었다.

목이 마른 것을 알아차리고, 수도꼭지를 틀어 컵에 물을 받아서 단숨에 들이켰다. 문득 사람의 몸을 이루는 수분은 2주 정도의 간격으로 교체된다는 말을 어디선가 들은 게 생각났다. 편의점에서 아침마다 사서 마신 물은 이미 몸에서 흘러나가버리고, 피부의 촉촉한 습기도, 눈알 위에 막을 치고 있는 수분도 이미 편의점의 물은 아닐 거라고 생각했다.

컵을 든 손가락과 팔에 거무스름한 털이 나 있다. 지금까지는 편의점을 위해 몸가짐을 단정히 했지만, 그럴 필요가 없어지자 털을 깎을 필요성도 느끼지 않게 되었다. 방에 세워둔 거울을 보니 엷게 수염이 나 있었다.

날마다 다니던 코인샤워에도 사흘에 한 번, 시라하 씨가 뭐라고 잔소리를 해야만 마지못해 갈 뿐이다.

모든 것을 편의점에 합리적이냐 아니냐로 판단하던 나는

이제 기준을 잃어버린 상태였다. 이 행동이 합리적인지 아닌지, 무엇을 기준으로 결정하면 좋은지 알 수가 없었다. 점원이 되기 전에도 나는 합리적이냐 아니냐에 따라 매사를 판단했을 텐데, 그 무렵의 내가 무엇을 지침으로 삼고 있었는지 잊어버렸다.

갑자기 전자음이 흘러서 뒤를 돌아보니, 다다미 위에서 시라하 씨의 휴대폰이 울리고 있었다. 휴대폰을 놓아둔 채 나간 모양이다. 그대로 내버려 둘까 생각했지만 호출음은 좀처럼 멈추지 않았다.

무언가 긴급한 용건인가 하고 화면을 보니, '鬼嫁'(오니요메. 잔혹하고 무자비한 며느리를 욕하는 말)라고 표시되어 있었다. 직감적으로 '통화' 버튼을 누르자, 아니나 다를까 시라하 씨의 제수가 호통치는 목소리로 말했다.

"아주버니, 몇 번이나 전화하면 만족하시겠어요. 어디 있는지는 알고 있으니까 쳐들어갈 거예요!"

"저, 안녕하세요? 후루쿠라예요."

전화를 받은 사람이 나라는 것을 알자, 시라하 씨의 제수

는 당장 냉정한 목소리가 되어,

"아, 당신인가요?" 하고 말했다.

"시라하 씨는 지금 밥을 사러 간 모양이에요. 곧 돌아올 거라고는 생각하지만."

"마침 잘됐네요. 우리 아주버니한테 전해주시겠어요? 빌린 돈, 지난주에 3천 엔을 입금한 이후로 소식이 없어요. 3천 엔이 뭡니까. 우리를 깔보고 있는 거예요?"

"아, 네, 죄송합니다" 하고 별생각 없이 사과하자,

"정말 똑바로 해주세요. 차용증도 썼으니까요. 돈을 안 갚으면 가만두지 않겠다고, 그 남자한테 전해주시겠어요?" 하고 제수는 짜증스럽게 말했다.

"돌아오면 말해둘게요."

"꼭 전해주세요! 그놈은 돈에 정말로 탐욕스러워요."

제수의 화난 목소리 저쪽에서 갓난아기가 우는 듯한 소리가 들려왔다.

나는 문득, 편의점이라는 기준을 잃어버린 지금은 동물로서의 합리성을 기준으로 판단하는 게 옳지 않을까 하고 생각했다. 나도 인간이라는 동물이니까, 가능하면 아이를 낳아서 종족을 번성시키는 것이 나에게 옳은 길인지도 모른다.

"저어, 잠깐 묻고 싶은데요, 아이를 낳는 편이 인류에 도움이 되나요?"

"네!?"

전화 저쪽에서 제수가 깜짝 놀란 목소리를 냈고, 나는 자세하게 설명했다.

"우리도 동물이니까 수가 늘어나는 게 좋지 않을까요? 나와 시라하 씨도 자꾸 교미를 해서 인류를 번영시키는 데 협력하는 편이 좋다고 생각하세요?"

잠시 아무 소리도 나지 않아서 혹시 전화가 끊어져버린 게 아닌가 생각했지만, '후와아!' 하고 휴대폰에서 미지근한 공기가 뿜어져 나올 만큼 커다란 한숨 소리가 들려왔다.

"제발 참아주세요. 알바와 백수가 아이를 낳아서 어떻게 하려고요. 정말 그만두세요. 당신들 같은 유전자는 남기지 말아주세요. 그게 가장 인류를 위하는 길이에요."

"아, 그런가요?"

"그 썩은 유전자는 죽을 때까지 혼자 품고 있다가, 죽을 때 천국으로 가져가서 이 세상에는 한 조각도 남기지 말아주세요. 정말로."

"그렇군요……."

이 여자는 꽤 합리적으로 생각할 수 있는 사람이라고 감탄하며 나는 고개를 끄덕였다.

"정말 당신과 이야기하고 있으면 머리가 이상해질 것 같고 시간 낭비니까, 이젠 그만 끊어도 될까요? 아, 돈 이야기는 꼭 전해주세요!"

제수는 그런 말을 남기고 전화를 끊었다.

아무래도 나와 시라하 씨는 교미를 하지 않는 게 인류에 합리적인 모양이다. 해본 적이 없는 성교를 하는 것은 어쩐지 불쾌하고 내키지 않았기 때문에 조금 안심했다. 내 유전자를 무심코 어딘가에 남기지 않도록 조심해서 죽을 때까지 갖고 다니다가, 죽을 때 처분하자. 그렇게 결심하는 한편, 어찌할 바를 모르게 되어버리기도 했다. 그 문제는 해결되었지만, 그때까지 나는 무엇을 하면서 지내면 좋을까?

문소리가 나고 시라하 씨가 돌아왔다. 가까운 100엔숍의 비닐봉지를 들고 있다. 하루의 리듬이 엉망이 되는 바람에 채소를 삶아서 먹이 만드는 일을 하지 않게 된 나 대신 시라하 씨가 100엔숍에서 냉동 부식을 사 오게 되었다.

"아, 일어났어요?"

이 좁은 방 안에 함께 있는데, 낮에 식사할 때 얼굴을 마주치는 것은 오랜만이었다. 전기밥솥은 줄곧 보온으로 되어 있어서 열면 언제나 밥이 있었다. 눈이 떠지면 그것을 입에 밀어 넣고, 다시 벽장으로 돌아가서 잠을 자는 생활이었다.

얼굴을 마주치는 바람에 어쩌다 보니 함께 식사를 하게 되었다. 시라하 씨가 해동한 부식은 사오마이(燒賣. 속에 다진 돼지고기와 양파나 호파 다진 것을 섞어 넣은 중국식 만두. 딤섬의 일종)와 치킨너겟이었다. 접시에 수북이 담긴 그것을 말없이 입으로 가져갔다.

내가 무엇을 위해 영양분을 섭취하고 있는지도 알지 못했다. 나는 씹어서 걸쭉해진 밥과 만두를 언제까지나 삼키지 못했다.

그날은 내 첫 면접이었다. 파견직이라고는 하지만 서른여섯 살까지 아르바이트를 하고 있던 내가 면접 단계에까지 갈 수 있었던 것은 기적 같은 일이라고, 시라하 씨는 우쭐하게 말했다. 편의점을 그만둔 지 한 달 가까이 지난 뒤였다.

나는 10여 년 전에 세탁소에서 가져온 후로 한 번도 입지 않은 바지 정장을 입고, 머리를 단정하게 다듬었다.

방 밖에 나가는 것 자체가 오랜만이었다. 아르바이트를 하면서 조금이나마 저축했던 돈도 많이 줄어 있었다.

"자, 후루쿠라 씨, 갑시다."

시라하 씨는 나를 면접장까지 바래다주겠다고 한다. 면접이 끝날 때까지 밖에서 기다리겠다고 단단히 마음먹고 있었다.

밖으로 나오자 벌써 완연한 여름 분위기였다.

전철을 타고 면접장으로 간다. 전철 타는 것도 오랜만이었다.

"너무 일찍 도착했네요. 아직도 한 시간 넘게 남았어요."

"그래요?"

"아, 나는 잠깐 화장실에 다녀올게요. 여기서 기다려요."

시라하 씨는 이 말을 남기고 걸어갔다. 공중화장실이 있을까 하고 생각했더니, 시라하 씨가 간 곳은 편의점이었다.

나도 화장실에 갔다 올까 하고 시라하 씨를 뒤쫓아 편의점에 들어갔다. 자동문이 열린 순간, 그리운 차임벨 소리가 들렸다.

"어서 오세요!"

내 쪽을 보고 카운터 안에 있는 여자가 소리쳤다.

편의점 안에는 손님들이 줄을 서 있었다. 시계를 보니 이제 곧 열두 시가 되려는 참이었다. 마침 점심 피크타임이 시작될 시간이다.

카운터 안에는 젊은 여자가 둘밖에 없었는데, 그중 한 여자는 '연수 중'이라는 배지를 달고 있었다. 계산기는 두 대였고, 둘 다 자기가 맡은 계산기를 다루느라 열심이었다.

여기는 빌딩가답게 손님 대부분이 양복 차림의 남자나 OL('Office Lady'의 줄임말. 사무직 여성을 뜻하는 일본식 영어) 타입의 여자들이었다.

그때 나에게 편의점의 '목소리'가 흘러들어 왔다.

편의점 안의 모든 소리가 의미를 갖고 떨리고 있었다. 그 진동이 내 세포에 직접 말을 걸고, 음악처럼 울리고 있었다.

이 가게에 지금 뭐가 필요한지, 머리로 생각하기보다 먼저 본능이 모두 이해하고 있었다.

문득 생각이 나서 개방형 냉장고를 보니 '오늘부터 모든 파스타를 30엔 할인합니다!'라는 포스터가 붙어 있었다. 그런데 파스타가 튀김국수와 오코노미야키(물에 푼 밀가루에 좋아하는 재료를 섞어 넣고 번철에 부친 음식)와 뒤섞여 있어서 전혀 눈에 띄지 않는다.

이건 큰일이다 싶어서, 나는 파스타를 냉면 옆의 눈에 잘 띄는 곳으로 옮겼다. 여자 손님이 의아한 눈으로 나를 보았지만, 내가 그쪽을 쳐다보면서 "어서 오세요!" 하고 말하자 편의점 사원인 모양이라고 납득한 듯 방금 말끔하게 진열을 끝낸 명란 파스타를 집어 갔다.

잘됐다고 생각한 순간, 이번에는 초콜릿 매대가 눈에 들어왔다. 황급히 휴대폰을 꺼내 오늘 날짜를 본다. 오늘은 화요일, 신상품이 들어오는 날이다. 편의점 점원에게는 일주일 가운데 가장 중요한 날인데, 어떻게 잊고 있었을까.

나는 초콜릿 신상품이 맨 아래 선반에 한 줄밖에 놓여 있지 않은 것을 보고 비명을 지를 뻔했다. 반년 전에 대히트를 쳐서 매진이 속출하여 화제가 된 초콜릿 과자인 데다 기간 한정 상품인 '화이트초코맛'이 이런 곳에 밋밋하게 진열되어 있다니, 도저히 있을 수 없는 일이다. 나는 재빨리 초콜릿 매대의 문제를 바로잡기 시작했다. 별로 잘 팔리는 것은 아닌데 넓은 자리를 차지하고 있는 과자를 한 줄로 진열하고, 신상품을 맨 위 선반에 석 줄로 늘어놓고, 다른 과자에 붙어 있던 '신상품!'이라는 POP('Point of Purchase'의 줄임말. '구매 시점'이라는 뜻으로, 판촉을 위해 매장 내 한정된 장소에 눈에 띄게 부착하는 광고카드)를 거기에 옮겨 붙였다.

계산기를 두드리고 있던 여자가 의아한 얼굴로 이쪽을 보고 있었다. 내 행동을 눈치챘지만 손님들이 줄을 서 있기 때문에 꼼짝할 수 없는 모양이었다. 나는 가슴의 배지를 보여주는 듯한 몸짓을 하면서, "안녕하세요!" 하고 손님들에게 방해가 되지 않을 정도의 목소리로 외치며 계산대의 여자한테 인사를 했다.

여자는 안심한 듯한 표정을 지으며 가볍게 고개 숙여 답례를 하고 계산에 집중하기 시작했다. 정장 차림의 나를 본사 직원으로 생각했을 것이다. 이렇게 간단히 속아버리다니, 안전 관리가 돼먹지 않았다고 생각했다. 내가 나쁜 사람이라서 뒷방 금고를 털거나 계산기의 돈을 훔치거나 하면 어떻게 할 작정일까.

나중에 주의를 줘야겠다고 생각하고 눈길을 돌리자, 여자 손님 2인조가 "야, 이것 봐. 이 과자, 화이트초코가 나왔어!" 하고 내가 방금 새로 진열한 신상품을 손에 들고 신이 나서 떠들고 있었다.

"이거 오늘 텔레비전 광고에서 봤어! 먹어볼까!"

손님에게 편의점은 그저 사무적으로 필요한 물건을 사는 곳이 아니라 좋아하는 것을 발견하는 즐거움이나 기쁨이 있는 곳이어야 한다. 나는 만족하여 고개를 끄덕이며 가게 안을 빠른 걸음으로 돌아다녔다.

오늘은 더운 날인데 생수가 제대로 보충되어 있지 않다. 2리터들이 팩에 든 보리차도 잘 팔리는데, 눈에 띄지 않는 곳에 한 개밖에 놓여 있지 않다.

나에게는 편의점의 '목소리'가 들리고 있었다. 편의점이 무엇을 요구하고 있는지, 어떻게 되고 싶어 하는지, 손에 잡힐 듯이 알 수 있었다.

손님들의 행렬이 잠시 끊기자 계산대에 있던 여자가 내 쪽으로 달려왔다.

"와아, 굉장해요. 마법 같아요."

내가 정돈한 포테이토칩 매대를 보고 중얼거린다.

"오늘 알바생이 하나 올 수 없게 돼서 점장한테 연락했지만, 전화가 연결되지 않아서 곤란하던 참이었어요. 신참과 둘이서……."

"그래요? 계산대 상황을 보고 있었는데 예의 바르게 아주 잘했어요. 피크타임이 지나면 찬 음료를 보충해줘요. 빙과류도 날씨가 더워지면 산뜻한 막대 아이스크림이 더 잘 팔리니까, 매대를 다시 정리해주면 좋아요. 그리고 잡화 선반에 먼지가 좀 많네요. 상품을 치우고 청소를 한번 해줘요."

나에게는 편의점의 '목소리'가 쉬지 않고 들려왔다. 편의점이 되고 싶어 하는 형태, 가게에 필요한 것, 그런 것들이 내 안으로 흘러들어 온다. 내가 아니라 편의점이 말하고 있었다. 나는 편의점이 내리는 계시를 전달하고 있을 뿐이었다.

"네에!"

젊은 여자는 신뢰가 담긴 목소리로 대답했다.

"그리고 자동문에 손자국이 좀 많이 묻어 있어요. 눈에 띄는 곳이니까 거기도 청소해줘요. 그리고 여자 손님이 많으니까 당면 수프 종류가 좀 더 있는 게 좋겠어요. 점장한테 전해줘요. 그리고……."

편의점의 '목소리'를 그대로 여자 점원에게 전하고 있을 때, "뭐 하는 거야!" 하는 호통 소리가 들려왔다.

시라하 씨가 어느새 화장실에서 나와서 내 손목을 움켜잡고 소리를 지르고 있었다.

"손님, 왜 그러세요?"

반사적으로 대꾸하자, "까불지 마!" 하면서 나를 가게 밖으로 데리고 나갔다.

"무슨 바보 같은 짓을 하고 있는 거야!"

길까지 나를 질질 끌고 가면서 호통을 치는 시라하 씨에게 나는 말했다.

"편의점의 '목소리'가 들려요."

내 말에 시라하 씨는 역겨운 것을 보는 듯한 표정을 지었다. 그의 얼굴을 싸고 있는 창백하고 얇은 피부가 마치 주먹으로 움켜쥐어 으스러뜨린 것처럼 쭈글쭈글 구겨졌다.

그래도 나는 물러나지 않았다.

"몸속에 편의점의 '목소리'가 흘러들어 와서 멈추질 않아요. 나는 이 목소리를 듣기 위해 태어났어요."

"무슨……."

시라하 씨가 겁먹은 듯한 표정을 지었고, 나는 그에게 여유를 주지 않고 말을 이었다.

"이제 깨달았어요. 나는 인간인 것 이상으로 편의점 점원이에요. 인간으로서는 비뚤어져 있어도, 먹고살 수 없어서 결국 길가에 쓰러져 죽어도, 거기에서 벗어날 수 없어요. 내 모든 세포가 편의점을 위해 존재하고 있다고요."

시라하 씨는 말없이 쭈글쭈글 구겨진 얼굴로 내 손목을 잡고 면접장으로 끌고 가려고 했다.

"미쳤군. 그런 생물을 세상은 용납하지 않아. 무리의 규정에 어긋난다고! 모든 사람한테 박해당하고 외로운 인생을 보낼 뿐이야. 그보다 나를 위해 일하는 편이 훨씬 나아. 그래야 다들 안심하고 납득해. 그게 모든 사람이 좋아하는 생활방식이야."

"나는 함께 갈 수 없어요. 나는 편의점 점원이라는 동물이에요. 그 본능을 배반할 수는 없어요."

"그런 건 용납이 안 돼!"

나는 등을 곧게 펴고, '맹세의 말'을 할 때처럼 시라하 씨를 똑바로 마주 보았다.

"아니, 누구에게 용납이 안 되어도 나는 편의점 점원이에요. 인간인 나에게는 어쩌면 시라하 씨가 있는 게 더 유리하고, 가족도 친구도 안심하고 납득할지 모르죠. 하지만 편의점 점원이라는 동물인 나한테는 당신이 전혀 필요 없어요."

이렇게 말하고 있는 시간이 아까웠다. 편의점을 위해 또 다시 몸을 조절하지 않으면 안 된다. 좀 더 빨리 정확하게 움직이고, 음료를 보충하는 일이나 바닥을 청소하는 일도 더 빨리할 수 있도록, 편의점의 '목소리'에 좀 더 완벽하게 따를 수 있도록, 육체의 모든 것을 개조하지 않으면 안 된다.

"기분 나빠. 너는…… 인간이 아니야."

시라하 씨가 내뱉듯이 말했다. 그래서 아까부터 그렇게 말하고 있잖아 하고 생각하면서, 나는 시라하 씨에게 잡혀 있던 손을 겨우 빼내어 가슴으로 끌어안았다.

손님에게 거스름돈을 건네고 패스트푸드를 싸기 위한 중요한 손이다. 시라하 씨의 끈적거리는 땀이 묻어 있는 게 기분 나쁘고, 이래서는 손님에게 실례가 되니까 빨리 씻어내고 싶어서 견딜 수가 없었다.

"반드시 후회할 거야, 반드시!"

시라하 씨는 그렇게 호통을 치고, 혼자 지하철역 쪽으로 돌아갔다. 나는 가방에서 휴대폰을 꺼냈다. 우선 면접장에 전화를 걸어, 나는 편의점 점원이어서 갈 수 없다고 말했다. 이제는 새 가게를 찾지 않으면 안 된다.

나는 문득, 아까 나온 편의점의 유리창에 비친 내 모습을 바라보았다. 이 손과 발도 편의점을 위해 존재한다고 생각하자, 유리창 속의 내가 비로소 의미 있는 생물로 여겨졌다.

"어서 오세요!"

나는 갓 태어난 조카를 만났던 병원의 유리창을 생각하고 있었다. 유리창 저편에서 나와 아주 비슷한 밝은 목소리가 들린다. 내 세포 전체가 유리창 저편에서 울려 퍼지는 음악에 호응하여 피부 속에서 꿈틀거리고 있는 것을 나는 분명히 느끼고 있었다.

부록

편의점에게 보내는 러브레터•

편의점 님에게

인사말은 생략하겠습니다. 당신을 만난 지 17년쯤 되었지만 이렇게 편지를 쓰는 건 처음이군요.

당신을 만났을 때 나는 열여덟 살이었습니다. 그때 나에게 당신은 아주 무서운 사람으로 보였어요. 어른 세계의 사람으로 느껴졌고, 나 같은 건 당신 곁에서 바로 쫓겨나버리지 않을까 하고 생각했습니다. 당신을 만날 때면 언제나 바

• 이 글은 2016년 2월 일본에서 출간된 『러브레터들』(작가·화가·음악가·연예인 등 26인의 연애편지 식 글 모음집)에 실려 있다.

싹 긴장해서, 난 주머니에 작은 수첩을 넣어 다니며 당신의 세세한 몸짓이나 사소한 버릇 따위를 알아차릴 때마다 빽빽이 적어두곤 했지요.

그런 우리가 언제 연인이 되었는지 나도 당신도 확실하게 말할 순 없을 테죠. 굳이 이야기하자면 처음으로 당신과 새벽 2시에 만나 함께 보냈던 그날 밤일까요? 그때 갑자기 다른 직원이 올 수 없게 되어서, 간곡한 부탁을 받고 밤새 당신 안에 남아 있었지요. 당신을 만나는 시간은 언제나 낮이거나 저녁이었기에, 당신 안으로 여름밤 냄새가 흘러들어 오는 걸 느끼고는 가슴이 두근거렸답니다.

퇴근할 때, 문득 당신의 난처한 얼굴이 보고 싶어 이렇게 말을 걸었지요.

"편의점과 인간이 섹스를 할 수 있다고 생각해요?"

난 당신의 얼굴이 빨개지거나 곤혹스러워할 줄 알았어요. 근데 당신은 거리낌 없이 대답했습니다.

"무슨 말이야? 벌써 하고 있잖아? 당신은 날마다 내 안에 들어와 있는걸."

고지식한 얼굴로 당신이 그렇게 말했을 때, 우리는 연인 사이가 되었구나 하고 생각했답니다.

그 후 나는 일이 아니라 데이트를 하러, 잔뜩 멋을 내고 당신을 만나러 가게 되었습니다. 당신도 잡지 판매대나 가게 안의 거울을 반짝반짝 윤이 나게 닦아놓고 조금 점잔을 빼며 나를 맞이하게 되었지요.

곰곰 생각해보면, 그런 논리라면 야근하는 아저씨나 점장 부부, 수백 명의 손님과도 섹스를 하고 있다는 이야기가 되는데, 당신은 당연하다는 듯이 "뭐? 당신 말고는 누구와도 그런 적 없어" 하기에, 분명 당신한테는 뭔가 차이가 있겠지 싶었습니다.

당신을 만난 지 3년쯤 지났을 때였던가요. 갑자기 당신이 한 달 뒤에 죽는다는 통보를 받은 건.

나는 놀라서 말문이 막혔습니다. 당신이 죽기 전 이틀 동안 당신 안에 있는 모든 것은 반값에 팔렸고, 많은 사람이 이리저리 돌아다니며 물건을 사 갔습니다. 그걸 보면서 난 이제 당신과 두 번 다시 만날 수 없겠구나 하고 생각했습니다.

그래서 당신이 전에 살고 있던 곳에서 자전거로 15분쯤 걸리는 곳에 새로 태어날 거라는 말을 점장한테 들었을 때 깜짝 놀랐습니다. 편의점과 사귀는 것이 처음이기도 했지만, 이렇게 몇 번이고 죽어도 다시 태어나는 성질이 있는 줄은 몰랐거든요.

다시 태어난 당신과 나는 또 사랑에 빠졌죠. 그로부터 우리에겐 많은 일이 있었습니다. 내가 패밀리 레스토랑과 바람을 피우기도 하고, 당신이 또 죽기도 하고……. 세 번째로 당신이 죽었을 때는 나도 익숙해졌지요. 그렇게 이별과 재회를 반복하면서 17년이 지난 지금 나는 여전히 당신 곁에 있습니다.

주위 사람들은 흔히 이렇게 말합니다. "왜 편의점과 사귀는 거야? 사람이 아니어도 좋아?" "그렇게 오래 사귀면 질리지 않아?" 또 "어차피 진짜 연애는 아니잖아. 소설 재료로 삼으려고 사귀는 거겠지" 하고 말하는 사람도 있습니다. 나야 익숙해져서 아무렇지도 않게 생각하지만, 전에 데이트할 때 농담조로 그 이야기를 하자 당신은 좀 슬픈 표정을 지었지요. 나는 "이런 얘기 해서 미안해요. 그런 말 하는 사람들 죽여버릴까요?" 하고 물었습니다. 반은 농담이고 반은 진심이었습니다. "그렇다고 사람을 죽이는 건 옳지 않아. 사람은 나랑 달라서 죽어도 다시 살아나지 못하니까" 하고 당신은 고지식하게 대답했습니다.

그러고 보니 당신이 얼굴에 감정을 드러내는 건 드문 일이네요. 당신은 농담을 해도 별로 안 웃고, 갑자기 몸을 기대거나 키스를 해도 얼굴을 붉히거나 하지 않고 태연하죠. 그래도 내가 왜 당신을 좋아하는지, 굳이 말로 하지 않아도 당신한테 전해질 거라 생각합니다. 그런데 전에 이미 골백번도 더 했던 헤어지자는 이야기로 당신과 길게 말다툼을 벌였을 때, 당신마저 "당신 대체 왜 나랑 사귀는 거야? 지금도 모르겠어" 하는 게 아니겠어요?

정말 충격이었습니다. 그래서 당신이 알아주었으면 하고 바라는 마음에 이렇게 펜을 든 거예요.

좋아하는 이유야 이것저것 너무 많아서 원고지가 100장이라도 모자라지만, 간명하게 한 가지만 이야기할게요.

내가 당신을 좋아하는 가장 큰 이유는 당신이 나를 인간으로 만들어주었기 때문입니다. 다들 당신은 사람이 아니라고 말하지만, 당신을 만날 때까지 사람이 아니었던 건 오히려 나였습니다. 적어도 능숙하게 인간 노릇을 할 수 있는 인간은 아니었지요. 당신 옆에 있음으로써 비로소 나는 인간이 되었던 것입니다.

당신은 나에게 아침과 낮과 밤이라는 시간의 흐름을 주고, '현실'이라는 세계를 돌아다닐 수 있는 불가사의한 신발을 선물해주었지요. 내게 당신은 마법사였습니다. 당신이 없었다면 나는 '아침'이라는 시간이 이 세상에 존재한다는 것조차 느끼지 못한 채 살아갔겠죠.

당신은 내 인생에서 유일한, 흔들리지 않는 '정상正常'이었습니다. 그러니 내가 인간으로서 가진 감정은 모두 당신 거예요.

너무 무거운 심정을 전하고 말았네요. 이 고백으로 어쩌면 우린 정말 헤어질지도 몰라요. 사랑은 나를 인간이라는 괴물로 만들어줬는데, 당신은 언제까지나 계속 편의점인 채로 있으니까요. 지나치게 부풀어 오른 내 사랑이 당신한테는 너무 무거울지도 모르겠어요.

당신을 잃게 되었을 때를 생각합니다. 당신이 없으면 난 내가 인간이라는 사실을 또 잊어버릴지 모릅니다. 이렇게나 당신에게 의존하고 있다는 게 두렵기도 합니다.

하지만 조금만 더 당신 곁에 머물게 해줘요. 당신은 여기저기 너덜너덜하고, 아침부터 딩동딩동 시끄럽고, "나는 건축물이니까" 하면서 움직이려 하지 않아 데이트는 언제나 같은 장소에서 하고, "내가 직접 만든 요리야" 하며 내주는 음식에는 식품첨가물이 듬뿍 들어 있고, "이것 봐, 새로운 걸 시작했어!" 하면서 느닷없이 커피머신을 들여놓아서 나를 고생시키고, 역시 야근하는 아저씨나 점장을 몸 안에 들여서 마음대로 헤집고 다니게 하고, 그건 바람피우는 거 아닌가 의심스럽기도 하고……. 온통 결점투성이인 것 같은 기분도 들지만, 그 결점이야말로 당신 '매력'이라고 생각하는 걸 보면 내 사랑은 중증인 거죠. 그러니 이 병이 나을 때까지는 내 곁에 있어주는 게 당신의 의무라고 생각해요.

내일 아침, 또 당신을 만나러 갑니다. 최근에는 그만 별생각 없이 같은 청바지만 입고 다녔는데 내일은 새로 장만한 원피스를 입고 갈게요. 그러니 당신도 업무용 냉장고 속까지 깨끗이 청소하고 멋진 모습으로 날 기다려줘요.

그러고 보니 우리 키스를 한 적이 없네요. 내일이 바로 첫 키스를 하는 그날이 되지 싶어요. 그럼 이만 줄일게요.

2015년 12월

무라타 사야카

편의점 인간

펴낸날 초판 1쇄 2016년 11월 1일
초판 46쇄 2023년 8월 17일

지은이 무라타 사야카
옮긴이 김석희
펴낸이 심만수
펴낸곳 (주)살림출판사
출판등록 1989년 11월 1일 제9-210호

주소 경기도 파주시 광인사길 30
전화 031-955-1350 팩스 031-624-1356
홈페이지 http://www.sallimbooks.com
이메일 book@sallimbooks.com

ISBN 978-89-522-3526-8 03830

※ 값은 뒤표지에 있습니다.
※ 잘못 만들어진 책은 구입하신 서점에서 바꾸어 드립니다.